HEYNE BÜCHER

SCIENCE FICTION

Herausgegeben
von Wolfgang Jeschke

RON GOULART

UNTERNEHMEN CAPRICORN

Science Fiction-Roman

Das Buch zum gleichnamigen Film nach dem Drehbuch von Peter Hyams

Deutsche Erstveröffentlichung

WILHELM HEYNE VERLAG
MÜNCHEN

HEYNE-BUCH Nr. 3721
im Wilhelm Heyne Verlag, München

Titel der amerikanischen Originalausgabe
CAPRICORN ONE
Deutsche Übersetzung von Juscha Zoeller

Redaktion: E. Senftbauer

Printed in Germany 1979
Umschlagbild: unter Verwendung des Filmplakats
mit freundlicher Genehmigung der Neuen Constantin Film, München
Standfotos: Neue Constantin Film, München
Umschlaggestaltung: Atelier Heinrichs, München
Gesamtherstellung: Mohndruck Reinhard Mohn GmbH, Gütersloh

ISBN 3-453-30624-4

1

Wie ein glühender goldener Ball stieg die Sonne über den Atlantik. Eine leichte Brise strich über das blaue Meer.

»Guten Morgen, meine Damen und Herren. Hier spricht Paul Cunningham von Capricorn Control. Es ist jetzt drei Minuten nach sechs, Eastern Standard Time.«

Irgend etwas ragte im Hintergrund auf. Eine winzige weiße Nadel vor dem morgendlichen Horizont.

»Alle Systeme sind *GO.* Alle Lichter sind grün. Um T-minus 8 Stunden, 5 Minuten war Startkomplex 39 durchgecheckt, und wir begannen mit dem Auftanken des Raumschiffes. Es wurde um T-minus 3 Stunden, 38 Minuten beendet...«

In dem dämmrigen Motelzimmer hallte die Stimme wie ein Echo. Auf dem Rand des breiten zerwühlten Bettes lehnte sich das fast nackte rothaarige Mädchen vor und starrte auf den Bildschirm des Fernsehapparates.

Die weiße Nadel wurde auf dem Farbbild größer und größer, bis sie als riesige Saturn MB V-Rakete zu erkennen war. Hoch wie ein Haus mit 35 Stockwerken, mehr als dreitausend Tonnen Startgewicht, schimmerte sie weiß in den neuen Tag.

»Die Astronauten wurden um T-minus 4 Stunden, 30 Minuten geweckt. Um T-minus 4 Stunden, 4 Minuten wurden sie von Dr. Burroughs in der medizinischen Abteilung untersucht und von ihm für gesund und fit erklärt. Die Untersuchung dauerte bis T-minus 3 Stunden, 45 Minuten.«

Das Mädchen schlug ihre langen gebräunten Beine übereinander.

Der schlanke Mann mit dem wirren Haar, der noch zwischen den zerknüllten Laken schlief, rollte sich auf den Rücken; er fing wieder an, leise zu stöhnen.

»Pssst«, zischte das Mädchen. Sie sah auf den Bildschirm, nicht auf ihn. »Das ist ein historischer Augenblick, ich will nichts davon versäumen.«

In dem Raum aus Leichtmetall befanden sich vier Männer. Drei von ihnen, in langer einteiliger Thermal-Unterwäsche, saßen um einen Klapptisch und frühstückten mit unterschiedlichem Appetit und ohne Begeisterung. Der vierte – in einem zerknitterten blauen Anzug – lehnte an der metallenen Wand und rieb sich mit dem Daumen sein rundes Kinn.

»Wetter ist gut«, verkündete der untersetzte Dr. Burroughs. »Geringe Wolkenfelder bis Mittag. Das ist ungefähr alles.«

»Sie sagten es schon«, meinte Air Force Colonel Charles Brubaker. »Zweimal.«

»Oh, tut mir leid«, sagte der NASA-Arzt.

Navy Commander John Walker tippte mit schwarzen Fingern auf ein halb gegessenes Stück Toast. »Dieser Toast schmeckt wie das Zeug, an das man Memos pinnt«, sagte er. »Nach Pinwand.«

»Es ist von einem früheren Versuch übriggeblieben«, schlug Colonel Peter Willis vor. »Die NASA hebt alles auf, um Geld zu sparen.«

»Wartet nur«, meinte Burroughs, »in ein paar Tagen werdet ihr sogar diesen Toast vermissen.«

»Ach ja, die gute Küche zu Hause unten auf der Erde«, sagte Walker und beschloß, noch ein paar Bissen zu nehmen. »Pinwand.«

»Mir hat's geschmeckt, als ich frühstückte.« Dr. Burroughs schob seine plumpen Hände in die Hosentaschen.

»Hoffentlich kommt kein Mensch dahinter«, warf Walker ein, »daß sie uns am Morgen des ersten Starts zu einem anderen Planeten etwas derart Scheußliches zu essen geben.«

»Mir hat der Toast wirklich gut geschmeckt«, wiederholte Burroughs. »Dabei mag ich sonst Weißbrot überhaupt nicht.«

Willis, dünner und ein paar Jahre jünger als die anderen, lehnte sich zurück und schlug sich auf die Knie. »Worüber möchtest du an einem so denkwürdigen Tag wie heute sprechen, Bru?«

Brubaker hob ratlos die Schultern. »Weiß ich nicht.«

»Wie wär's mit dem Wetter?« schlug Walker vor. »Ich höre, es ist gut, bis auf ein paar Wolkenfelder.«

»Ach nein! Tatsächlich?« Willis zog die Augenbrauen hoch. »Woher weißt du denn das, Jack?«

»Na, ich hab' doch dies blöde Knie, und das läßt mich immer im voraus wissen, wie ...«

»Ihr habt noch fünfzehn Minuten Zeit«, sagte Dr. Burroughs.

»Da gibt's noch was, worüber ich gern sprechen würde«, meinte Willis. »Ich möchte zu gern wissen, ob wir mit den Marsmädchen fraternisieren können, oder ... ob ... ich ... ich ...« Der Lt. Colonel wurde plötzlich steif und fing an, auf seinem Stuhl hin und her zu schwanken. Er griff sich an die Brust und fiel dann vom Stuhl auf den metallenen Boden.

»Himmel, was ist los?« Dr. Burroughs riß seine Hände aus den Taschen, eilte herüber und kniete sich neben den Astronauten. Er neigte sich tief über Willis. »Ich kann mir überhaupt nicht vorstellen, was passiert sein kann.«

»Ich glaube«, sagte Willis und setzte sich auf, »es war der Toast.«

Walker fing an zu lachen. Brubaker fiel in das Gelächter ein.

Mit ausdruckslosem Gesicht erhob sich Willis.

Der Arzt schüttelte sich wie ein nasser Hund und schimpfte: »Ihr Jungens«, sagte er mit schmalen Lippen, »seid ein Haufen Taugenichtse.«

»Ich würde gern eine zweite Meinung hören«, meinte Willis.

Metalltribünen standen in sicherem Abstand von der Raketen-Abschußbasis. Im Lauf des Morgens wurden sie von mehr oder weniger wichtigen Persönlichkeiten besetzt. Maschendraht war um die Startrampe gespannt, und überall standen Wachen der Militärpolizei herum. Auch einige Geheimdienstleute mit undurchdringlichen Gesichtern und Bürstenhaarschnitt.

Hollis Peaker, der gewichtige Vorsitzende des Komitees für Haushaltsfragen, blieb hinter dem Platzanweiser stehen, der ihn und seine Frau zu ihren Plätzen führte. Ein zufriedenes Grinsen lag auf seinem breiten Gesicht, als er die schimmernde weiße Capricorn One-Rakete erblickte.

»Wir haben drei der besten Plätze für Sie, Mrs. Peaker und General Enders reserviert, Mr. Peaker«, sagte der junge NASA-Angestellte.

»So, das ist recht, mein Junge.«

»Danke. Sie sitzen sogar direkt neben dem Vizepräsidenten«, fügte der junge Mann hinzu.

»Ist er schon hier?«

»Noch nicht, Sir, aber er muß jede Minute eintreffen.«

»Das Arschloch meint wohl, sie werden mit dem Abschuß auf ihn warten«, sagte Peaker und begab sich zu seinem Sitz. »Es wäre Zeit, ihm mal klarzumachen, daß es sich hier nicht um eine Bridgepartie handelt.«

Die Frau des Kongreßabgeordneten setzte sich, und der grimmige, grauhaarige General Enders ließ sich neben ihr nieder.

Mit einem geübten Lächeln reichte der junge NASA-Mann Peaker und dem General eine lederne Kassette. »Die Dienststelle möchte Ihnen diese Ferngläser zum Andenken überreichen«, sagte er, »damit Sie den Start der Rakete besser beobachten können – und als Souvenir.«

»Gut, gut, danke, mein Junge.« Peaker drehte das Glas in seinen großen Händen hin und her. »Sieh dir das an, Emily. Hier steht sogar das Datum drauf, und da – das ist das Capricorn-Siegel.«

»Ja, sehr hübsch.«

»Es freut mich, daß es Ihnen gefällt.« Der Junge wollte gehen. Peaker hielt ihn am Arm fest. »Wir brauchen noch eins, Junge. Für meine Frau.«

»Entschuldigung, wie meinen Sie, Sir?«

»Hollis, laß doch, mach keinen Ärger«, sagte die schlanke Frau des Abgeordneten.

»Wir wünschen noch eines dieser hübschen Ferngläser, mein Junge«, wiederholte Peaker mit gleichgültiger Stimme. »Für meine Frau.«

»Hier, Emily«, sagte der General, »du kannst meins haben. Ich brauche es wirklich nicht.«

»Sehen Sie, Sir«, erklärte der junge Mann und errötete, »es gibt nur eine bestimmte Anzahl dieser ...«

»Ich höre wohl nicht richtig, Junge?« Peaker lächelte zu ihm auf. »Würden Sie das bitte wiederholen.«

»Oh, kein Problem, Sir. Ich hole sofort noch ein Fernglas.«

Peaker nickte. »Das ist recht, mein Junge.«

Der riesige rote, diesige Globus füllte den Bildschirm aus.

»Guten Morgen, hier spricht Roy Weyver, CBS News Space Headquarters, Cape Kennedy. In diesem Augenblick fahren Colonel Charles Brubaker, Lt. Colonel Peter Willis und Commander John Walker im Lift hinauf zum Startkomplex 39 der Rakete.«

Das Foto des Mars wurde ausgeblendet. Dafür erschien ein Live-Foto der drei Astronauten, die genau das taten, was der Sprecher gemeldet hatte.

»In Kürze werden sie sich in der riesigen Saturn MB V-Rakete befinden. Seit fast zwei Stunden ist die Crew auf. Sie haben gefrühstückt, wurden untersucht und für gesund und fit erklärt. Jetzt bereiten sie sich auf die viermonatige Reise vor, die sie weiter bringen wird als jedes menschliche Wesen zuvor. Zum Planeten Mars. Und mit sich tragen sie die Zukunft des bemannten Weltraumprogramms. Wie Sie alle wissen, findet dieser Flug zu einer Zeit intensiven Drucks von seiten eines Kongresses statt, der nicht beabsichtigt, weiterhin Geld für ein Projekt zu bewilligen, für das die Öffentlichkeit sich nicht interessiert. Man ist übereingekommen, daß kein Raumfahrtprogramm mehr Unterstützung erfährt, falls dieses nicht erfolgreich ist. Bis zum Start sind es kaum noch zwei Stunden. Mission Control meldet, daß alles abläuft wie vorgesehen. Die CBS Live-Farbübertragung wird fortgesetzt, wenn diese Nachrichten ... «

Mit überraschtem Stöhnen setzte Robert Caulfield sich im Bett auf. Er rieb sich die Augen und ließ seine Blicke durch das Zimmer wandern. »Sag irgendwas«, bat er das rothaarige Mädchen.

»Huh?«

»Sag irgendwas, ein paar Sätze.«

»Worüber?«

»Irgend etwas.«

»Na denn: Dies ist ein historischer Augenblick für die Menschheit«, fing sie an. Ihr Blick ging zwischen dem flimmernden Bildschirm und dem halbwachen jungen Mann auf dem Bett hin und her. »Nach vielen langen Jahrhunderten des Wartens ist der Mensch jetzt soweit, zum Mars zu fliegen. In kurzer Zeit werden junge Menschen ihren Fuß ...«

»New Jersey«, folgerte Caulfield. »Ich bin in New Jersey.« Er rollte sich aus dem Bett. »Ich merke es an deinem Akzent.«

»Na ja, ich bin aus Jersey«, gab das Mädchen zu. »Geboren, meine ich. Aber wir sind in Houston, Texas.«

Caulfield schlug sich an die Stirn. »Texas? Was mache ich denn um Gottes willen in Texas?«

»Bist du nicht ein berühmter Reporter? Jedenfalls hast du mir gestern Abend so was im ›Longhorn Rendezvous‹ erzählt.«

Caulfield zog sich seine Shorts an. »Gut. Ich bin ein berühmter Reporter. Danke, daß du mich dran erinnerst hast.« Er sah sich wieder im Zimmer um. »Und ich bin in Houston, Texas, um über dieses wichtige Ereignis zu berichten.« Er ließ die Zunge über die Zähne gleiten. »Das Problem ist nur, ein ›Holiday Inn‹ sieht aus wie das andere. Man wacht in einem in Houston auf, und es sieht genauso aus wie das in Newark oder Kairo.«

»Warst du schon mal in Ägypten?«

»Ich glaube, ja.« Er rieb sich wieder die Augen, gähnte, fuhr sich mit allen zehn Fingern durch das wirre Haar. »Was genau hab' ich gestern abend getrunken?«

»Seven-Up und Wodka.«

»Yang«, Caulfield machte eine böse Grimasse. »Kein denkender Mensch würde jemals so etwas trinken.«

»Das versuchte ich dir gestern zu erklären«, sagte die Rothaarige. »Aber du meintest, wenn es gut genug für Griechen sei, dann ist es auch gut genug für dich.«

»Was für Griechen?«

»Die griechischen Lastwagenfahrer, mit denen du indischen Ringkampf geübt hast.«

»Aha.« Caulfield ließ seinen Kopf ein paarmal auf- und abnicken. Dann wanderte er ins Badezimmer. »Sie sind auch immer gleich, diese Badezimmer. Äußerst beruhigend in einem fremden und feindseligen Land.«

»Huh?«

»Ich will jetzt duschen«, kündigte er an. »Und dann...«

Sie wandte ihren Blick vom Fernsehapparat ab und sah ihn an. »Und dann?«

»Und dann muß ich leider arbeiten«, sagte er.

2

Geführt von dem schwer atmenden Dr. Burroughs traten die drei Astronauten aus dem Lift in den ›Ready Room‹. Auf der anderen Seite stand der winzige Durchgang zur Kapsel offen. Drei weißgekleidete Männer warteten bereits auf sie: Horace Gruning, der Chef der Startmannschaft, und zwei seiner Mitarbeiter.

»Guten Morgen, Gentlemen«, sagte Gruning, ein kleiner Mann um die fünfzig.

»Morgen, Horace«, sagte Brubaker.

Willis sah sich um und meinte: »Kommen wir zu spät?«

»Stoßverkehr«, fügte Walker hinzu.

Gruning lächelte schwach. »Mir scheint, Sie sind alle bester Stimmung.« Er preßte ein flaches braunes Päckchen an seine Brust.

»Das stimmt«, sagte Dr. Burroughs. »Ich kann es bescheinigen.«

»Abgesehen von einem durch Toast verursachten Schwächeanfall sind wir alle tip-top«, versicherte Willis.

»Haben Sie die EDS-Tests schon gemacht?« fragte Brubaker.

»Sie sind fast komplett«, sagte Gruning.

»Sollen wir reingehen?«

Grunings Finger spielten mit dem Umschlagpapier des Päckchens. »Ja, nur noch einen Moment.«

»Irgendwas nicht in Ordnung?«

Das braune Papier zerriß unter den Fingern von Gruning. »Doch gleich. Ich kenne mich nur nicht so gut in diesen Dingen aus«, sagte er und blickte zu Boden.

»Na, versuchen Sie's doch mal«, drängte ihn Wilis.

»Ich habe sie gut gekannt ... nun, besonders Sie, Colonel Brubaker ... es geht darum, ich weiß schon seit langem«, kämpfte sich Gruning mit rotem Gesicht durch, »was Sie heute vorhaben ... Ich habe mein ganzes Leben darauf verwandt ...« Er zerrte das Papier von seinem Päckchen herunter. »Nun, ich möchte nur ... da ich mein Leben lang nur für dies .... dieses gearbeitet habe ... heute erfährt meine Arbeit ihren Sinn. Ich bin heute sehr stolz, stolz auf das Programm ... stolz auf das, was ich dazu beizutragen vermochte – auf meine Weise ... und ich bin stolz auf Sie hier.« Er fuhr sich mit einem Finger über die Augenwinkel, und dann reichte er Brubaker die ledergebundene Bibel. »Auf jeden Fall – ich möchte Ihnen diese Bibel mitgeben ... von mir ... ein Geschenk von uns allen.«

Ein paar Sekunden herrschte peinliche Stille, bis Willis sagte: »O Gott, Horace, ich weiß nicht, was ich sagen soll.«

»Versuch doch mal, zur Abwechslung, nichts zu sagen«, schlug Burroughs vor.

»Horace, wir danken Ihnen«, sagte Brubaker und legte seine Hand auf die Bibel. »Wir fühlen uns sehr geehrt, dieses Buch mit auf unsere Reise nehmen zu dürfen.«

Gruning räusperte sich. »Und nun, meine Herren«, sagte er, »auf zum Mars.«

»Mars.« Walker blinzelte. »Nehmen Sie uns auf den Arm? Ich dachte immer, wir sind auf dem Weg nach Disneyland.«

»Wollt ihr endlich das Maul halten«, sagte Dr. Burroughs und schob sie zu der kleinen Öffnung. »Es geht los.«

Militärmusik klirrte laut, weitere Geheimdienstleute erschienen, und endlich trat der Vizepräsident mit seiner Frau in das Tribünen-Halbrund. Der junge NASA-Mann führte sie zu den Plätzen neben denen des Kongreßabgeordneten und seiner Begleiter.

Peaker stellte das Fernglas auf seinem plumpen Knie ab. »Guten Morgen. Mr. Vice President, und auch Ihnen einen schönen guten Morgen, Phyllis.«

»Guten Morgen, Hollis«, sagte Vizepräsident Price. »Emily, General Enders.« Price war ein magerer Mann, dessen Gesicht stets den Ausdruck bestürzter Verwunderung trug.

»Und wie«, fragte Peaker, »geht es dem Präsidenten heute?«

»Oh, es geht ihm recht gut«, erwiderte Price und lächelte sein Lächeln voll bestürzter Verwunderung. »Er bat mich, sein Bedauern auszudrücken, daß er heute nicht in der Lage ist, dem Ereignis beizuwohnen. Sie werden jedoch gewiß einsehen, daß es unumgänglich ist. Gewisse Angelegenheiten halten ihn ausgerechnet heute in Washington fest.«

»Die Wiederwahl steht gewiß an erster Stelle auf seiner Liste«, sagte Peaker.

Der junge NASA-Mann hielt ihm zwei der Souvenir-Ferngläser hin. »Mr. Vice President, ich hoffe, daß Sie und Mrs. Price es hier angenehm finden«, sagte er. »Die NASA möchte Ihnen beiden diese Ferngläser zum Andenken überreichen.«

»Ach was? Ich danke Ihnen sehr«, sagte der Vizepräsident.

Mit einem Grinsen auf dem feisten Gesicht lehnte der Kongreßmann sich zu ihm herüber. »Wie heißen Sie noch, mein Junge?«

»Fairfield, Sir. John Fairfield.«

»Sie sind schnell von Begriff; Sie werden es noch weit bringen.«

»Vielen Dank, Sir.«

Peaker nickte und setzte sich behaglich zurück.

»Hier spricht Paul Cunningham, Capricorn Control. Im Augenblick ist es T-minus 1 Stunde, 15 Minuten. Mission Control berichtet: alle Systeme sind *GO*. Die Lichter sind grün. Das Wetter ist gut bis auf ein paar Wolkenfelder um fünf-bis zehntausend Fuß. Wind von Ost bis acht Knoten. Das Meer ist bis auf Strömungen auf zwei Fuß still. Das Raumschiff steht vollbetankt auf der Startrampe.«

Das rothaarige Mädchen zog den Reißverschluß ihrer weißen Jeans hoch. Dabei sah sie weiter auf den Bildschirm. »Du versäumst alles«, schrie sie in Richtung Badezimmer.

Die Tür wurde geöffnet, Dampf wirbelte heraus, gefolgt von Caulfield. Sein gelocktes schwarzes Haar war jetzt weniger wirr, und er trug Hosen und ein blaßgelbes Hemd. »Falsch. Ich versäume nie etwas Wichtiges.«

»Die endgültige Schaltung wird um T-minus 15 Minuten stattfinden. Colonel Brubaker meldete bereits die Vollendung der EDS-Tests. Die Rakete wird um T-minus 37 Minuten starten. Hier ist Capricorn Control.«

»Und hier ist Robert Caulfield, der sich fragt, wo sein Halstuch ist.«

Das Mädchen zeigte auf eine Lampe. »Dort hast du es gestern nacht hingeworfen.«

Während er das Tuch vom Lampenschirm angelte, fragte Caulfield: »Warum hab' ich nur so was getan?«

»Nachdem du mit deinem Samba fertig warst, fiel dir nichts weiter ein.«

»Gottlob muß ich mich nicht allein an alles erinnern«, sagte der Reporter und band sich das Tuch um den Hals.

3

Festgezurrt in ihren Sitzen ließen die drei Astronauten den letzten Check über sich ergehen.

»TARS Überholung okay«, sagte Brubaker.

»Stufe 1 grün?« fragte Willis.

»Stufe 1 grün«, erwiderte Brubaker.

»Stufe 2 grün?« »Stufe 2 grün.«

Walker sagte: »Fehlersuch-System ist auf das zweite Paneel geschaltet.«

»Roger«, sagte Brubaker, »FS-System auf zweitem Paneel.«

»Capricorn One, wir bestätigen TARS und FSS«, klang eine Stimme aus dem Lautsprecher. »Wir haben Grün auf beiden. Machen Sie sich bereit für die Trennung vom äußeren System und die OAMS-Checks.«

»Roger, Houston«, sagte Brubaker.

Durch die immer noch offene Luke sagte Gruning: »Gentlemen, wir schließen jetzt die Luke.«

»Will noch einer raus?« fragte Brubaker. »Dann ist das jetzt seine letzte Chance.«

»Noch 'ne Frage, Horace«, sagte Walker. »Ist Mars der rote oder der grüne Stern?«

»Vierundzwanzig Millarden Dollar, um einen Quatschkopf in den Weltraum zu schießen!«

»Na, dann bin ich wenigstens keine Gefahr auf den Straßen.«

Knurrend schloß Gruning die Luke.

Das Raketen-Kontroll-Zentrum in Houston war ein riesengroßer Raum, voll mit über dreihundert Fernsehmonitoren und Computern. Vor jedem Apparat saß ein Techniker. An einer Wand zeigte ein großer Fernsehschirm die Raketen-Abschuß-Basis in Florida. Auf jeder Seite hingen Karten mit verschiedenfarbigen Lichtern, die die Flugbahn des Raumschiffs anzeigten.

In einer verhältnismäßig ruhigen Ecke saß unauffällig Dr.

James Kelloway. Ein dünner Mann mit einem beinahe finsteren Gesicht. Er war dreiundfünfzig Jahre und Direktor der NASA.

Aus einem Lautsprecher an der Decke drang eine Stimme: »Hier spricht Paul Cunningham, Capricorn Control. Wir sind jetzt T-minus 15 Minuten, also kurz vor dem Start. Alle Systeme sind *GO*, alle Lichter sind grün. Die Crew hat alle Checks beendet. Mission Control meldet, daß die Raketenmotoren bei T-minus 50 Sekunden mit voller Kraft arbeiten.«

Ein schwarzer Kollege ging an Kelloway vorbei. »Ein großer Tag, Jim«, sagte er grinsend.

Kelloway nickte, schattenhaft huschte ein schwaches Lächeln über sein hageres Gesicht. »Ja«, sagte er mit leiser Stimme, »ein großer Tag.«

»Die Relaisstationen auf den Ascensions- und den Kanarischen Inseln melden: alles klar«, fuhr die Stimme von oben fort. »Das erste Rettungsschiff für den Fall eines vorzeitig beendeten Flugs ist die *USS Kittyhawk,* die 350 Meilen Süd-Südost vor Bermuda liegt. Falls der Flug bei Eintritt in den Weltraum abgebrochen wird, liegt das zweite Rettungsschiff, die *USS Oriskany,* im Indischen Ozean.«

Langsam ließ Kelloway die Zunge über die Lippen gleiten. Und für ein paar Sekunden schloß er die Augen.

»Kapsel geschlossen«, verkündete Brubaker in sein Kehlkopfmikrofon.

»Capricorn Eins, ihr seid jetzt auf Bordsystem umgeschaltet.«

»Roger, Houston«, sagte Brubaker, »wir sind auf Bordsystem.«

»Letzter Status-Check«, sagte Walker.

»Beginnen Stat...«, fing Brubaker an.

Da öffnete sich die Tür ihrer Kommandokapsel von außen.

4

Willis fand als erster die Sprache wieder. »Falls Sie die Herrentoilette suchen – zwei Türen weiter unten.«

Ein mittelgroßer Mann in dunklem Anzug steckte den Kopf in die Kommandokapsel. Er überhörte Willis' Bemerkung und wandte sich an Brubaker. »Bru, würdest du mir mit deinen Männern bitte folgen.«

Brubaker blinzelte. »Gerry, was zum Teufel, soll das?«

»Ein Notfall«, erwiderte Gerry Haig.

»Was für ein Notfall?« wollte Walker wissen.

»Ich habe keine Zeit für Erklärungen. Bitte, folgen Sie mir augenblicklich.«

»Das ist doch absolut irre«, sagte Brubaker. »Wir sind...«

»Bru, verflucht, du mußt mir vertrauen«, sagte Haig mit lauter, aufgeregter Stimme. »Ihr alle drei, los, kommt. Raus hier! Schnell!«

»So was ist mir mal im College passiert«, sagte Willis und machte seine Gurte los. »Alles fertig, um loszulegen, als plötzlich unerwartet ihr Vater auftauchte...«

»Harry, jetzt ist keine Zeit für so was«, sagte Haig zu ihm.

»Diesen Teil des Objekts haben wir nicht durchgespielt.«Walker ging auf die Luke zu. »Was habt ihr vor, Gerry?«

Haig schüttelte den Kopf. »Das werdet ihr noch erfahren. Im Augenblick ist nur eines dringend: Raus hier um jeden Preis.«

»Gerade, als ich es mir gemütlich gemacht hatte«, bemerkte Willis.

»Hier spricht Paul Cunningham, Capricorn Control. Wir kommen jetzt zu T-minus 5 Minuten. Die letzten Checks in der Kommandokapsel sind beendet. Der Haltearm schwingt zurück. Der letzte Teil des Countdowns beginnt.«

»TLR-Druck ist 45 Punkt 2.«

»Roger, Houston, 45 Punkt 2.«

Eine Tür auf der Rückseite des Startkomplexes wurde geöffnet. Verborgen vor den Blicken der Zuschauer traten die drei Astronauten ins Freie. Ein Wagen wartete vor der Startrampe.

»Schnell, hier herein«, drängte Haig.

Brubaker blieb stehen. »Wirst du uns, verdammt noch mal, endlich sagen, was ...«

»Rein, rein, zum Donnerwetter.« Haig ergriff seinen Arm und schob ihn in den Wagen.

»Ich habe das Gefühl, wir werden gleich gelyncht«, sagte Walker, als er widerstrebend Brubaker in den dunklen Wagen folgte.

Sowie die drei Astronauten drinnen waren, schloß Haig die Tür und verriegelte sie. Der Wagen schlidderte in eine scharfe Kurve und raste davon.

»Hier spricht Paul Cunningham, Capricorn Control. Wir sind jetzt bei T-minus 3 Minuten, 6 Sekunden. Alle Systeme sind *GO*. Alle Lichter sind grün.«

Die Propeller des Helikopters schwirrten laut, als er aufsetzte. Der Wagen hielt. Haig stieg zuerst aus und zog seine zerknitterten Hosen glatt. »Hierher, Bru«, sagte er. »Ihr alle, hier herein.«

Brubaker starrte Haig an.

»Wir gehen keinen Schritt weiter, Gerry, ehe du ...«

»Hör zu, Bru«, sagte Haig und blickte nervös auf den wartenden Hubschrauber. »Du mußt mir vertrauen, glaub mir, wenn ich dir schwöre, daß ich nicht verrückt bin. Wir alle wollen nur euer Bestes.«

»Unser Bestes ist die Rakete«, sagte Walker wütend.

Haig atmete mit offenem Mund, sein Kopf zitterte leicht. »Ich handle auf Kelloways Befehl, zum Donnerwetter!«

»Warum sollte Kelloway so etwas Idiotisches befehlen?« fragte Willis.

»Das wird er euch selbst sagen«, antwortete Haig. »Und jetzt, um Gottes willen, nichts wie rein in den Hubschrauber.«

Willis zog die Augenbrauen hoch und blickte Brubaker an. »Was machen wir, Chef?«

Brubaker senkte den Kopf. Als er wieder aufblickte, sagte er: »Ich glaube, wir machen, was sie uns sagen, und hören uns an, was Kelloway uns zu sagen hat.«

»Gut, das ist wohl das einzig Richtige«, sagte Haig und zog sie zum Hubschrauber.

Als das Trio drin war, eilte Haig zum Wagen zurück. Er wartete nicht, bis der Hubschrauber abhob.

5

Zündung! Rauchwolken quollen aus dem unteren Ende der Capricorn Eins.

»7...6...5... die äußeren Motoren laufen... 4...3... alle Motoren laufen...2...1...0.«

Eine riesige Flamme zischte auf. Die Rakete brüllte auf und begann langsam abzuheben.

»Wir haben ein Liftoff...wir haben ein Liftoff.«

Sekundenlang schien die Rakete zu beben. Dann fing sie an zu steigen, zu steigen.

Dr. Kelloway legte seinen Zeigefinger auf den Bügel zwischen den Brillengläsern und schob sie seine Nase hinauf und herunter. Er wandte sich von dem großen Bildschirm im Kontrollzentrum ab, beachtete das Steigen der Rakete nicht.

»Sieht gut aus, Capricorn«, kam die Stimme aus dem Lautsprecher.

»Roger, Houston, wir starten jetzt«, sagte eine Stimme; es war Brubaker.

Kelloway schien mit seiner Brille nicht zurechtzukommen. Schließlich nahm er sie ab.

Die Zuschauer verließen die Tribüne. Der Kongreßabgeordnete Peaker hielt sein Souvenir-Fernglas beinahe zärtlich in der Hand und sagte zum Vizepräsidenten: »Nun, Mr. Vice President, alles lief perfekt ab, nicht wahr. Liftoff, Trennung von der ersten Stufe. Wunderbar.«

»Sehr eindrucksvoll, ja.« Der Vizepräsident erhob sich.

»Die NASA hat noch ein paar solche eindrucksvollen Tricks im Hut.«

»Zweifellos, Hollis.«

Mit unterdrücktem Stöhnen stand der schwere Kongreßmann von seinem Stuhl auf. »Bitte, empfehlen Sie mich dem Präsidenten.«

»Gern.«

»Ich hoffe doch sehr, daß er mit der Angelegenheit, die ihn

abhielt, dem Start beizuwohnen ...« – Peakers feistes Gesicht war dicht vor dem des anderen Mannes, – »erfolgreich fertig wird.«

»Sehr aufmerksam von Ihnen, Hollis. Ich bin sicher, der Präsident wird sich freuen, wenn er erfährt, wie sehr Sie an seinen Problemen Anteil nehmen.«

»Er könnte mit noch stärkerer Anteilnahme rechnen, wenn er nur ein wenig hilfreicher wäre, was dieses Projekt hier angeht.«

»Aber Sie wissen doch, wie sehr er sich für das Weltraumprogramm interessiert.«

»Interesse und Unterstützung sind zwei verschiedene Dinge«, sagte der Kongreßmann.

»Es gibt viele Menschen, Hollis«, meinte der Vizepräsident, »die glauben, es gäbe genügend Probleme hier auf Erden, die unsere ungeteilte Aufmerksamkeit erfordern. Bevor wir noch mehr Milliarden im Weltraum verschwenden, sollten wir zunächst hier auf der Erde etwas weiterkommen.«

»Und es gibt auch viele Menschen, die glauben, unser wichtigstes Problem ist unsere sinkende Position als ›Weltpolizist‹ «.

Vizepräsident Price tätschelte flüchtig Peakers Arm, wendete sich ab und sagte: »Es war reizend, Sie zu sehen, Hollis.«

»Ganz auf meiner Seite, Mr. Vice President.«

Vom Hubschrauber wurden sie in einen Falcon-Jet der Luftwaffe gebracht. Zwei Männer in Zivil begleiteten sie in die Passagier-Kabine. Einen Augenblick später hob die Maschine ab.

»Das ist nicht der Ausflug, den ich mir für heute vorgenommen habe«, sagte Walker trocken.

Brubaker lehnte sich in seinem Sitz zurück. »Vielleicht dürfte ich es nicht zugeben, Jungens«, sagte er bedächtig, »aber ich bin immer noch sehr verwirrt.«

»Na, mit den Worten dieses ..., wie heißt er noch? – na, dieses großen Philosophen«, sagte Willis, »nimm, was du kriegst, und mach das Beste draus.«

6

»Mitten im Nichts«, stellte Walker fest, als er die Gangway hinunterging.

Um sie war nichts als blendend weiße Wüste. Vollkommen eben. Hitzedunst. Das einzige Gebäude weit und breit war ein großer Hangar, in dessen Nähe sie gelandet waren. Das einzige Lebenszeichen kam von den beiden dunkelgekleideten Männern mit Bürstenhaarschnitt, die auf der heißen Rollbahn auf sie warteten.

»Hat Beau Geste nicht mal hier irgendwo gelebt?« wollte Willis wissen.

Einer der jungen Männer mit dem kurzgeschnittenen Haar näherte sich Brubaker. »Wollen Sie bitte hier lang kommen.«

Brubaker schüttelte den Kopf, stemmte die Hände auf die Hüften. Er und die beiden anderen Astronauten trugen nur ihre weißen Anzüge. »Ich gehe nirgendwo hin«, versicherte er seinem neuen Führer, »bis mir irgend jemand erzählt, was, zum Donnerwetter, hier vor sich geht.«

»Wir werden Ihnen alles erklären«, sagte der Mann. »Drinnen.«

»Scheiße! Ich will es jetzt wissen, jetzt, in dieser Minute!«

Der andere Mann sagte: »Wären wir in der Lage, Colonel Brubaker, irgend etwas zu erklären, würden wir es bestimmt tun. Wollen Sie nicht bitte die Geduld aufbringen, mit uns hereinzukommen, dann wird Ihnen alles erklärt werden.«

»Sind wir gekidnappt?«

Der zweite Mann fuhr sich mit der Hand über seinen Bürstenschnitt. »Ich weiß, das klingt merkwürdig, aber wir arbeiten alle für die gleiche Sache«, sagte er. »Wirklich. Sie werden alles verstehen, wenn Sie mit hineinkommen.«

»Also, gehen wir, Bru«, meinte Walker.

»Sieht so aus, als hätten wir nicht viel Auswahl, was wir tun können«, sagte Brubaker und grüßte seine Führer spöttisch. »Also, bitte, führen Sie uns. Nach Ihnen.«

Willis betrachtete aufmerksam den Hangar, während sie auf ihn zugingen. »Ich kann nicht sagen, daß ich mich sehr für die psychologische Seite von Farbgebungen interessiere«, sinnierte er, »aber das Ding ist genauso angemalt wie diese blöde Wüste. Weißt du, was ich denke, Jack?«

»Was, Boß?«

»Ich denke, daß dieser Schuppen hier mit Tarnfarbe angemalt ist.«

Einer der jungen Männer öffnete eine metallene Tür und führte sie in einen kühlen metallenen Korridor. Ihre Schritte hallten blechern von den Wänden wider. »Wenn Sie hier bitte einen Moment warten würden«, sagte der junge Mann.

Nirgends ein Fenster, nur weiße metallene Wände und ein paar Stühle um einen kahlen Tisch.

»Weiter Weg für ein Pokerspiel«, sagte Willis.

Als die drei Astronauten in den Raum getreten waren, schloß sich die Tür hinter ihnen.

»Keine Karten«, sagte Walker und deutete auf den leeren Tisch. »Das ganze hier erinnert mich an das Wartezimmer bei einem Arzt. Meint ihr, sie haben herausgekriegt, daß ich Syph habe?«

»Schon möglich«, meinte Willis und untersuchte gründlich einen Stuhl, ehe er sich darauf setzte. »Wahrscheinlich möchten sie nicht, daß die Mars-Miezen angesteckt werden. Du hättest es ihnen wirklich sagen müssen!«

»Könnt ihr nicht mal einen Augenblick ernst sein«, schlug Brubaker vor.

»Wir sind todernst, schließlich wollen wir diesen Mars-Mädchen nicht eine Krankheit anhängen«, sagte Willis und verschränkte gelassen die Hände hinter dem Kopf. »Wie stünde denn dann das Weltraumprojekt da?«

Brubaker ging unruhig auf und ab. »Ich kapiere einfach nicht, was die von uns wollen.«

»Rotchina«, sagte Walker. »Das ist ein Komplott der Rotchinesen.«

»Ich ziehe blaue Chinesen vor«, meinte Willis. »Sie passen besser in diese Dekoration.«

Die Tür wurde geöffnet. Alle drei drehten sich um und starrten Dr. Kelloway an. Er zögerte auf der Schwelle, dann ging er auf sie zu. »Guten Morgen.«

»Hey, Doc«, sagte Willis und betrachtete den NASA-Chef, als er sich am Tisch niederließ. »Uns ist was Komisches passiert, als wir auf dem Weg zum Mars waren.«

Brubakers Nasenflügel bebten. »Wir sind nicht auf einer Party, Jim«, sagte er wütend. »Also, hör auf mit dem Scheiß und sag uns, was hier los ist!«

»Wollen Sie sich nicht setzen?« Kelloway befeuchtete mit der Zunge seine Lippen. Er sah den Männer nicht ins Gesicht.

Nach einem Blick auf Brubaker setzte sich Walker.

Brubaker blieb, wo er stand.

»Das ist auch für mich nicht ganz einfach«, sagte Kelloway seufzend.

»Nein, das ist schlicht gesagt: Scheiße«, sagte Brubaker.

»Okay, also es ist so«, sagte Kelloway und preßte seine Hände hart auf den Tisch. »Gäbe es die geringste Möglichkeit für Sie ... würde ich ... auch wenn ich eine Alternative hätte ... ja, ich würde alles darum geben, nicht mit Ihnen in diesem Augenblick hier zu sein.« Er zwang sich, die Männer abwechselnd anzublicken, dann wandte er sich wieder an Brubaker: »Bru, seit wann kennen wir uns?«

»Da muß ich in meinem Tagebuch nachsehen.«

»Wärest du bloß nicht ... also, wir kennen uns sechzehn Jahre. Stimmt's? So lange waren wir gute Freunde«, sagte Kelloway. Er hatte den Kopf wieder gesenkt. »Junge, du hättest dich damals sehen sollen. Du wirktest wie ein zu groß geratenes Wickelkind, mit Babynahrung aufgezogen. Damals erzählte ich jedem von meinem Traum, die Grenze von hier zu einer neuen Welt zu überschreiten. Und jeder hielt mich für verrückt. Du nicht, Bru. Du nicht. Du hast mich angesehen und gesagt: ›Okay, wann?‹« Kelloways Hände krampften sich ineinander. »Ich erinnere mich an unsere Gespräche, wie wir eine bessere Welt gründen wollten, indem wir alles über andere Welten herausfänden. Wir griffen nach den Sternen – im wahren Sinne des Wortes –, in der Schule, im College ... nie hatte ich so gute Freunde. Vielleicht habe ich deine Freundschaft für mich ein bißchen gut gemacht.« Er riskierte einen Blick auf Brubaker. »Ich denke daran, wie du mir damals erzähltest, daß Kay schwanger sei. Wir gingen aus und besoffen uns. Und wir beide redeten dabei mit Flash Gordon und Dr. Zarkow über unseren Weg zu den Sternen, bis der Barkeeper den Laden schloß und uns mitteilte, wir hätten genug. Dann erschien Armstrong auf dem Mond, und wir weinten, weil wir so stolz waren. Willis und Walker kamen dann dazu. Beide gescheit und begabt, die ...«

»Das mag ja alles mit dir zu tun haben und für dich wichtig sein«, sagte Brubaker ungeduldig, »aber, Jim, ich komme auch mit weniger Tränen und Blumen aus, wenn du mir dafür ein paar harte Fakten gibst. Warum, zum Teufel, du uns aus dem startenden Raumschiff geholt und hierhergeschleppt hast. Wo, verdammt noch mal, sind wir?«

Kelloway hob eine Hand, als habe er Angst, daß sein alter Freund ihn schlagen würde. »Glaub mir, Bru, glaub mir, ich sage die Wahrheit, und so Gott mir helfe, dies ist das schwerste, was ich je in meinem Leben tun mußte.« Er legte die Hand vor die Augen. »Laß mich bitte alles so erklären, wie ich es sehe.«

Walker nickte. »Laß ihn in Ruhe ausreden, Bru.«

Wütend riß Brubaker einen Stuhl heran, drehte ihn um und setzte sich mit gespreizten Beinen, die Arme über die Lehne gekreuzt, darauf. »Okay, okay, spuck's schon aus!«

»Ich denke noch dran, als Glenn seinen ersten Ausflug in den Weltraum machte. In der Mercury. Himmel, selbst in Grand Central Station standen Fernsehapparate. Und Tausende ließen ihre Züge sausen, um zuzusehen«, sagte Kelloway. »Aber als Apollo 17 auf dem Mond landete, riefen dieselben Leute empört beim Sender an, weil deshalb ihre geliebte Sendung *I love Lucy* verschoben wurde. Lucy, verdammt noch mal, und ihr englischer Ehemann bedeuteten ihnen mehr als eins der größten Ereignisse dieses Jahrhunderts.« Er spielte unruhig mit den Fingern und sank im Stuhl zurück. »Und die Präsidenten, mein Gott! Sie renkten sich die Kinnladen aus, so laut priesen sie das Weltraumprogramm. Und dann – ich weiß nicht mehr genau, wann – hörte jeder nur davon, was es kostet. Ist es die Sache wert, zwanzig Milliarden auszugeben, um einen anderen Planeten zu erforschen? Warum nicht lieber das Geld für den Kampf gegen den Krebs anlegen? Warum nicht Slums sanieren? Sie benahmen sich, als könnten sie Träume mit Zahlen berechnen.« Er legte die Hände flach auf den Tisch. »Und heute. Wer saß auf der Tribüne, um den Start der Rakete mitzuerleben? Dieser blöde Hanswurst von Vizepräsident und sein noch blöderes Weib. Der Präsident hatte keine Zeit. Ja, er hatte dafür keine Zeit und ließ idiotische Entschuldigungen vorbringen. Noch vor zwei Monaten sagte er zu mir: ›Jim, mach es gut. Der Kongreß sitzt mir im Nacken. Sie suchen nach einem Grund, das gesamte Programm niederzuschlagen. Du kannst dir nicht den geringsten Fehler leisten, das ganze muß so perfekt ablaufen, wie es kaum auszudenken ist.‹ Er redete so lange auf mich ein, bis ich zusagte, daß er mit euch auf dem Mars telefonieren könne und die ganze Nation das Gespräch mithöre.«

Brubaker lehnte sich vor. »Ich verstehe immer noch nicht.«

»Wirst du schon noch. Es tut mir leid, daß ich euch wie ein Prediger in der Wüste vorkommen muß«, sagte Kelloway. »Also, was ihr begreifen müßt, ist... der Präsident, Heil dem Präsidenten... der verfluchte Präsident der Vereinigten Staaten machte es mir völlig klar, daß wir uns nicht den geringsten Mißerfolg leisten könnten.« Er hob die Hände, ließ sie wieder sinken. »Und nun, meine Herren? Wir haben bereits einen Mißerfolg. Ja, einen Mißerfolg erster Klasse, bona fide, in den USA angefertigter Mißerfolg.«

»Kein Mensch hat uns etwas davon gesagt.« Walkers Stimme war leise.

»Die lieben Menschen von Con Amalgamate lieferten uns ein Atmungsgerät für euch, das billig genug war, um sie fabelhaft daran verdienen – und euch ersticken zu lassen. Zwei Monate, bevor wir mit eurem Training fertig wurden, kamen wir dahinter. Ihr wäret alle spätestens in drei Monaten hin gewesen, tot, mausetot. So einfach war das. Gut, jetzt denkt ihr euch, ich hätte darüber einen Bericht an den Präsidenten geben müssen. ›Entschuldigung, Mr. President, wir haben da einen kleinen Mißerfolg.‹ Klar, und damit hätte der Kongreß den

Vorwand gehabt, das ganze Unternehmen zu stoppen, so wie er es sich wünschte. Goodbye, Raumfahrtprogramm. Und was geht uns der Mars an!«

Er holte tief Atem, stützte sich auf den Tisch und erhob sich.

»So, das war es, was ich zu sagen habe. Und jetzt möchte ich, daß ihr mit mir kommt.«

Er ging durch die Tür, ohne auf die Männer zu warten.

7

Hier war der Mars.

Trockene felsige Oberfläche, ein glühendes Orange. Und hier stand Capricorn Eins mit weitgespreizten Landebeinen auf fremdem Grund.

Kelloway betrat den orangefarbenen Dunst des Mars. Er blieb stehen und winkte den drei Astronauten. »Kommt schon, das hier ist es, was ich euch zeigen wollte«, sagte er.

Brubaker ging voran, vorsichtig, langsam, er betrachtete alles genau. Den riesigen Raum unter einem verschwommenen Himmel, die Fernsehkameras, das Panorama des Weltraums, genau projiziert, das exakte Gegenstück der Kommandokapsel.

»Sag mir, daß das alles nicht wahr ist, was ich hier sehe, Jim«, bat er.

Kelloways Blicke glitten über die rötlich flimmernde Marslandschaft. Seine Augen wurden schmal, als er einem Mann in einem Glaskasten ein Zeichen gab. »Willst du was hören, Bru?«

Stimmen erklangen aus einem verborgenen Lautsprecher im Schatten des gläsernen Kastens.

»Eure Systemanalyse sieht gut aus.« »Roger, Houston«, hörten sie die Stimme von Brubaker. »Die Motoren werden genau 5 Minuten 45 Sekunden arbeiten. Dann seid ihr unten.«

»Capricorn Eins, 5:45 ist korrekt.«

»Roger, Houston.«

»Was soll das?« fragte Walker. »Haben Sie statt unserer die Schlümpfe raufgeschickt?«

Brubaker sagte: »Du glaubst doch nicht wirklich, daß du damit davonkommst?«

Kelloway sah traurig aus, als er meinte: »Weiß ich nicht. Aber es ist die einzige Chance. Vielleicht keine sehr gute, aber die einzige, die wir haben.«

»Wer weiß davon?«

»So wenige Menschen wie möglich«, antwortete Kelloway. »Houston bringt den Flug über Monitore. Die Übertragung kommt aus der Kommandokapsel. Auch eure Stimmen und medizinischen Daten. Wir haben alles während der Simulation aufgenommen. Das weiß Houston natürlich nicht.« Er schwieg, rieb sich die Hände, dann fuhr er fort. »Alles, was wir von euch brauchen, ist die tatsächliche Fernsehübertragung während des Fluges und der Landung auf dem Mars. Das ist alles.«

»Oh, ist das alles? Wir spielen also in diesem verlogenen Film mit und tun so, als würden wir wirklich zum Mars fliegen!«

»Wir wissen genau, wie wir es machen, Bru, wie wir ein realistisches und überzeugendes Bild der Oberfläche des Mars senden, Bru. Glaub mir, auf den Bildschirmen wirkt es völlig echt.«

»Außer«, warf Walker ein, »einer von euch Typen wandert auf dem Weg zum Klo durch das ›völlig echte‹ Bild.«

Kelloway sagte: »Wir haben auch dafür gesorgt, daß die Rakete zweihundert Meilen neben dem Ziel landet, wenn sie zur Erde zurückkehrt. Ein Computer ist darauf eingestellt. Ihr werdet dann zu einer Insel in der Nähe geflogen und von dort mit einem Hubschrauber zur Kapsel und wieder reingesetzt. Die Rettungsschiffe brauchen mindestens anderthalb Stunden, um euch zu erreichen. Das erste Schiff wird euch aus der Kapsel bergen.«

»Dufte, Sie haben aber auch an alles gedacht!« stellte Walker fest.

»Ich weiß nicht, Jack, aber ich hoffe es.«

»Und du bist sicher, daß wir mitspielen, hm?« fragte Brubaker.

»Nein, das bin ich nicht. Durchaus nicht.«

»Und was ist, wenn wir nein sagen?«

»Ich weiß es nicht«, sagte Kelloway mit schleppender Stimme. »Sagt um Himmels willen nicht nein. Meint ihr, das alles ist in meinem Sinne? Es ist nur – es ist, ich meine, dieses ganze Affentheater ist so viel wert. Alles wert. Ich halte etwas am Leben, das nicht sterben darf, ich bin überzeugt, daß die Erforschung des Weltraums für die Menschheit wichtig ist. Es ist, als stünden wir am Rande einer Klippe und hangelten uns mit den Fingernägeln über dem Abgrund hoch. Wenn ihr nicht mitmacht – nun, dann werden viele anständige Menschen etwas Gutes verlieren, an das sie glauben.«

Brubaker lachte auf. »Erzähl uns nicht zuviel Blödsinn, Jim. Wir machen diesen Irrsinn mit, wir reißen uns den Arsch dafür auf. Und irgendwie ist dadurch die Welt der Wahrheit und Ideale und Schönheit bewahrt!« Er schüttelte den Kopf. »Wenn wir in dieser Farce nicht mitspielen, dann sind wir die bösen Buben. Das kauf ich dir nicht ab, Jim. Allerdings bewundere ich dich, schon allein deswegen, weil du uns so etwas zumutest.«

»Du drehst mir das Wort im Mund rum, Bru.«

»Hör zu, Jim«, sagte Brubaker und legte dem anderen die Hand auf die Schulter. »Ich sehe das alles nicht so wie du. Ich bin nicht so sicher, ob Amerika zusammenbricht, wenn der Flug abgesagt wird und sich Amerikas Erwartungen nicht erfüllen.«

»Du versuchst, mich zu einem verwirrten Washington-Idioten abzustempeln«, erklärte Kelloway. »Du müßtest mich besser kennen.«

»Das dachte ich bisher auch.«

Walker sagte: »Hört zu, wenn die einzige Möglichkeit zum Überleben die ist, zum Lügner zu werden, dann halte ich es nicht für wert, am Leben zu bleiben.«

»Bitte«, sagte Kelloway, »bitte, ihr müßt helfen. Versteht ihr nicht, ihr *müßt* es tun!«

»Was soll das heißen?« fragte Brubaker und nahm seine Hand von Kelloways Schulter. »Was meinst du damit? Wir *müssen* es tun?«

»Ihr müßt es einfach«, sagte Kelloway leise.

»Und wenn wir es nicht tun?«

»Bitte, Bru, bitte. Laß es gut sein.«

»Du bist vollkommen verrückt«, schrie Brubaker. »Du bist hundertprozentig irre, Jim! Du läßt uns hier mitten in diesem Irrenhaus rumstehen und sagst: ›Laß es gut sein.‹ Gütiger Gott!«

»Eure Familien«, murmelte Kelloway mit gesenktem Kopf.

Diesmal legte Brubaker ihm beide Hände auf die Schultern und schüttelte ihn. »Was hast du da eben gesagt?«

»Eure Familien«, wiederholte der NASA-Chef. Er hielt die Augen geschlossen.

»Was ist mit unseren Familien?«

»Bitte, wenn ihr mir helft und wir ...«

»Was ist mit unseren Familien?« Brubaker schüttelte ihn immer noch, dann ließ er von ihm ab.

Kelloway stolperte, fiel. Roter Marsstaub wirbelte auf. Mühsam stand er auf. »Das alles scheint mir aus den Händen zu gleiten«, sagte er. »Ihr denkt vielleicht, ihr habt es mit ein paar verrückten Wissenschaftlern zu tun, die nicht wissen, wann sie das Handtuch schmeißen müssen. Aber so ist es nicht, Bru.« Er klopfte sich den Staub vom Anzug. »Die Menschen, um die es geht, haben viel zu verlieren. Es sind kluge, erwachsene Menschen, und sie spielen erwachsene, kluge Rollen.«

»Was ist mit unseren Familien?« fragte Walker.

»Nun also – es ist nicht meine Idee gewesen«, sagte Kelloway. »Gott steh mir bei. Aber ...sie sind alle in einem Flugzeug zwischen Cape und Houston. Alle zusammen, versteht ihr, alle in diesem Flugzeug.«

Brubaker wollte wieder nach Kelloway greifen, aber dann ließ er seine Hände sinken und stand da, still, böse, und starrte ihn an. »Das ist doch nicht dein Ernst, Jim?«

»Laß mich bitte nicht weitersprechen, Bru. Bitte, sagt einfach ›ja‹.«

»Sprich! Sprich, du verfluchter Hurensohn!«

Kelloway trat zurück. »Okay, sie sind in der Maschine. Und mit ihnen in der Maschine ist ein ... ein Gerät«, sagte er. »Und ein paar mächtige Leute. Wenn ich ihnen nicht Bescheid gebe, daß alles klar läuft ... werden sie die Maschine explodieren lassen. Könnt ihr das nicht verstehen? Ich wollte nicht, daß es mir aus den Händen gleitet, aber so ist es.«

»Jim, du konntest doch so etwas nicht zulassen«, sagte Brubaker flüsternd. »Du konntest doch so etwas nicht tun.«

»Ich mußte es tun«, antwortete Kelloway gequält.

0 04 31

BRUBAKER
CAPRICORN ONE

CAPRICORN ONE
WILLIS

8

Sie nahm nicht den Fenstersitz. Vielleicht schien es seltsam, aber sie fühlte sich sicherer am Gang. Kay Brubaker war eine hübsche Frau, Mitte Dreißig, mit dunklem Haar und etwas mollig. Sie saß jetzt in dem Jet, der sie nach Houston flog. Neben ihr, am Fenster, plauderte Janet Willis munter.

»Ja, ich weiß«, sagte Kay hin und wieder. Sie hörte nicht zu, was die Blonde plapperte.

Eine schwere Zeit lag vor ihr, und sie war erst am Anfang. Tage um Tage, Nächte um Nächte, und Bru dort oben irgendwo. Es würde schwer werden, aber sie mußte durchhalten. Die Zeit ausfüllen, auf die Kinder aufpassen, Freunden zulächeln, nett zu Journalisten sein. Solange es ihr nicht unter die Haut ging, würde sie es fertigbringen.

»Alles in Ordnung, Kay?«

»Wie bitte?«

»Du siehst so blaß aus«, stellte Janet fest.

Kay bemerkte, daß sie ihre Hände verkrampft hielt und ihre Finger weiß wie die einer Toten aussahen. »Sei still«, bat sie, »es ist nicht sehr werbewirksam, aber ich bin wahnsinnig nervös.«

»Ich auch«, gab Janet zu. »Ich meine nur, wenn ich vor mich hinrede, hilft das ein bißchen darüber hinweg.«

»Und ich meine, ich bin zu nervös für diese Art der Unterhaltung – so über nichts und wieder nichts.«

»Weißt du«, sagte Janet, »ich hatte immer Angst vorm Fliegen. Aber wenn ich mir vorstelle, was Pete durchmacht, finde ich einen Flug weniger schlimm als einen Sprung ins kalte Wasser. Es ist nicht gefährlicher, als über eine verkehrsreiche Straße zu gehen.«

»Dabei bin ich schon dreimal angefahren worden«, sagte Kay.

Uneingeladen ließ Bob Caulfield sich bequem in einen Sessel sinken. Er schenkte dem hübschen blonden Mädchen auf der anderen Seite des Tisches ein kurzes Lächeln, nahm die Speisekarte und studierte das Menü. Als er die Karte zuklappte, meinte er so nebenbei: »Sie haben doch nichts dagegen, wenn ich hier sitze?«

»Doch«, sagte Judy Drinkwater, »es verdirbt mir nicht nur den ganzen Tag, sondern auch den Appetit.«

»Ach, Judy, ich hab' so was wie einen Kater«, vertraute er dem Mädchen an. »Im allgemeinen wird es besser, wenn ich ein bißchen von dem trinke, was mich am Abend zuvor umgeschmissen hat. Soweit ich informiert bin – zuverlässige Quelle, selbstverständlich, – trank ich gestern Seven-Up mit Wodka, und bis jetzt bin ich noch nicht so weit, daß ...«

»Warum ziehen Sie nicht Leine, Bob?«

»Meinen Sie, das wäre gut gegen meinen Kater?«

Judy lehnte sich über den Tisch und stemmte ihre Hände auf die glatte, weiße Tischdecke. »Hauen Sie ab!«

Caulfield seufzte. »Judy, Judy, Sie stellen den Konkurrenzkampf der Sender über die Menschlichkeit – ob das wohl gut für Ihre liebe Seele ist? Sie arbeiten und schuften für CBS, ich murkse für NBC – das ist nicht eben eine Montagu-Capulet-Romanze.«

»Und ich könnte Sie nicht mal ausstehen, selbst wenn Sie der verlorene Bruder von Walter Cronkite wären.«

»Aber, Judy, nach den schönen Zeiten, die wir zusammen in Lissabon verbracht haben ...«

»Ich war nie in meinem Leben mit Ihnen in Lissabon.«

Caulfield schnippte mit zwei Finger. »Verdammt, das stimmt. Es muß eine andere bezaubernde Blondine gewesen sein, die für CBS arbeitet. Ich bringe immerzu euch beide durcheinander ...«

»Und da ist noch etwas, das ich nicht ertragen kann«, warf die Reporterin ein, »diese beleidigende Macho-Angabe, die Sie immer auf der Pfanne haben. Sie tun pausenlos so, als hätten Sie jedes Mädchen zwischen hier und Timbuktu umgelegt.«

»Ach, nein, mit der in Timbuktu bin ich nicht zu Rande gekommen.« Caulfield nahm die Speisekarte wieder in die Hand. »Da Sie mich nicht ausstehen können, Judy, nehme ich an, daß Sie getrennte Rechnungen wünschen. Okay?«

9

Er fragte sich, ob er wohl eine Grippe bekäme. Irgendein neuer Virus vielleicht. Er fühlte sich so merkwürdig, irgendwie disorientiert. Elliot Whitter, ein etwas untersetzter junger Mann, saß gebeugt vor seinem Monitor im Hauptkontrollraum in Houston. Der große Bildschirm an der anderen Wand zeigte ein Testbild.

»Hier spricht Paul Cunnigham, Capricorn Control. Wir haben jetzt T-plus 2 Tage, 4 Stunden, 31 Minuten Flugzeit. Ungefähr 9 Stunden seit TMI. Die Kommandokapsel ist immer noch mit der dritten Stufe der Rakete verbunden. Bei T-plus 2 Tage, 4 Stunden, 32 Minuten wird Lieutenant Colonel Willis die Kameras an Bord einstellen. Das geschieht in 30 Sekunden. In 3 Minuten wird Colonel Brubaker die Kommandokapsel von der S-4B lösen, und danach wird die Kommandokapsel zum Dokkingmanöver mit dem Landemodul ansetzen. Dann werden sich die Kommandokapsel und das Landemodul von der Rakete trennen. Wir nähern uns T-plus 2 Tage, 4 Stunden, 32 Minuten.« Das Testbild verschwand wie ein Gespenst und machte einer Art Schneefall Platz.

»Capricorn Eins, hier ist Houston.«

»Roger, Houston«, war die Stimme von Brubaker zu hören. »Wir können nichts erkennen.«

»Okay, wir schwenken die Kameras.«

Statt Schneefall schwammen jetzt Wellen über den Bildschirm.

»Das Bild ist unklar, Capricorn Eins.«

Endlich erschien ein Bild: Brubaker, Willis und Walker, festgezurrt in ihren Gurten.

»Was ist?« fragte Brubaker.

»Endlich haben wir ein gutes Bild.«

»Roger, Houston.«

Willis sagte: »CSM auf dem festgesetzten Azimut.«

»Houston«, sagte Brubaker, »wir sind bereit für die Trennung.«

»Verstanden, Capricorn. Sie sind bereit zur Trennung.«

Elliot Whitter runzelte die Stirn und rieb mit der Hand darüber. Ihm war nicht heiß, also war wohl keine Grippe im Anzug. Aber es gab auch Grippeanfälle, bei denen man kein Fieber bekam. Er schüttelte den Kopf, blinzelte und betrachtete wieder die Zeichen auf dem Bildschirm. Dann lehnte er sich im Stuhl zurück, sah sich im Raum um und ignorierte alles, was an Manövern auf dem riesigen Schirm an der Wand vor sich ging.

Whitter arbeitete an seinem Computer. Zahlen huschten über den kleinen Monitor.

Er legte die Hand über den Mund, hustete. Selbst wenn er einen Grippeanfall bekam, er wußte genau, daß er sich nichts einbildete – im Fieber oder in Wahnvorstellungen.

Whitter biß sich auf die Lippe. Er lehnte sich weiter zurück und nahm die Kopfhörer ab. Wieder sah er sich um.

»Roger, Capricorn. Alles in Ordnung, so sieht es jedenfalls hier unten aus. Der Flug-Director gibt die Landung frei.«

»Inspektion beendet«, sagte Walker.

»Inspektion beendet. Gut gemacht, Capricorn.«

Der große Schirm an der Wand wurde schwarz. Man spürte die Erleichterung förmlich im Raum; die Männer an den Monitoren sanken in sich zusammen. Sie begannen miteinander zu plaudern.

Whitter nickte, dann stand er auf. Er ging an den Monitoren vorbei und stieg ein paar Stufen hinauf.

Dr. Bergen war ein großer grauhaariger Mann in einem konservativen blauen Anzug. Er betrachtete aufmerksam den Bildschirm an der Wand, obwohl er jetzt dunkel war, als Whitter ihn am Arm faßte. »Elliot, ja?«

»Hm«, sagte Whitter. »Ich würde gern mal mit Ihnen sprechen, Dr. Bergen.«

»Schon recht. Um was geht es?«

Whitter machte eine Geste zu seinem Monitor. »Ja, nun... da ist irgendwas. Ich... irgendwas...«

»Ist Ihnen nicht gut, Elliot?«

»Vielleicht. Mir ist ...äh... ein bißchen komisch«, sagte Whitter, »aber darum geht es nicht, Doktor. Es geht um die Übertragung auf dem Monitor.«

Die Augen von Bergen wurden schmal. »Was ist damit?«

»Ich weiß es ja selbst nicht.«

»Vielleicht kann ich Ihnen helfen.«

»Ja, Sir, wissen Sie, ich habe auf eigene Verantwortung einen Test gemacht«, erklärte Whitter, »bei den Übertragungssignalen.«

»Auf eigene Verantwortung?« Dr. Bergen rieb sich das Kinn. »Ist das nicht zuviel Interesse, was?«

»Also, Sir«, sagte Whitter, »die Fernsehübertragungen auf dem Bildschirm erscheinen früher als die Signale von der Rakete. Es sieht aus, als seien sie näher, viel näher.«

»Das ist unmöglich, Elliot«, sagte Berben. »Da funktioniert irgendwas mit Ihrem Monitor nicht richtig. Entweder das ist der Grund, oder es liegt daran, daß Sie sich nicht wohl fühlen.«

Whitter schüttelte den Kopf. »Das glaube ich nicht«, sagte er. »Um sicherzugehen, daß ich mich nicht irrte, überprüfte ich das Regelpult zweimal.«

»Welches Pult haben Sie?«

»36, Sir.«

»Da haben wir die Erklärung.« Bergen klopfte ihm auf die Schulter. »Wir haben Probleme mit den Schaltkreisen von 36.«

»Davon hat mir kein Mensch was gesagt.«

»Das hätten wir tun sollen, Elliot. Und ich werde mich darum kümmern, daß es sofort repariert wird«, versicherte Dr. Bergen. »Inzwischen sollten Sie den Rest des Tages frei nehmen. Ruhen Sie sich ordentlich aus, dann wird's Ihnen schon besser gehen, okay?« Er tätschelte seine Schulter. »Danke, daß Sie mir davon berichtet haben. Das beweist echte Initiative, und das gefällt mir. Genug für heute.« Er drehte sich um und ging sehr aufrecht davon.

Whitter sah ihm kopfschüttelnd nach. »Es liegt nicht an mir«, sagte er zu sich selbst. »Und auch nicht an den verdammten Schaltkreisen.«

10

Walker öffnete die Gurte seiner Liege. Er drückte leicht auf den Sitz und schien dann schwerelos nach oben zu schweben. Der Schwarze hielt seine Arme ausgestreckt, als taste er sich vorsichtig durch die Kommandokapsel. Er konzentrierte sich intensiv auf seine Vorstellung, um sicher zu sein, daß niemand auf den Bildschirmen bemerkte, daß ihn in Wirklichkeit unsichtbare Kabel, die von einer hydraulischen Winde bewegt wurden, lenkten. Das schien ihm schwieriger zu sein, als die Wirklichkeit vermutlich gewesen wäre.

»Houston«, sagte Brubaker, »Zeichen für den Einstieg in die Landekapsel sind hier grün.«

»Sind grün«, bestätigte Houston.

»Die Luke«, sagte Walker. »Ich werde sie jetzt öffnen.«

»Roger, öffnen Sie.« Die Winde arbeitete lautlos, und Walker stieg höher und schwebte schließlich aus dem Bild, das im ganzen Land ausgestrahlt wurde.

»Ich bin an der Luke, Houston«, sagte er und vermied es, die beiden Männer anzusehen, die im Gebälk über ihm an der Winde arbeiteten.

»Roger, Capricorn«, kam die Stimme aus Houston. »Sie werden jetzt die Luke öffnen.«

Walker drehte das Rad an der Luke einmal in Uhrzeigerrichtung; sie öffnete sich nach unten. »Luke ist geöffnet.«

»Sieht gut aus.«

Walker packte die Luke mit beiden Händen und zog. Er betete zu Gott, daß sich die Kabel nicht verhedderten. Bei der Probeübung war alles gut verlaufen, aber dies hier war alles getürkt. Es würde zu blöd aussehen, wenn gerade jetzt irgendwas schiefginge.

Aber nichts ging schief. Die Illusion war vollkommen, und er schien gewichtslos in die Landekapsel zu schweben.

»Ich bin im Landemodul, Houston.«

»Wie sieht es aus?«

»Alles okay. CR-Lampen sind grün«, sagte Walker, »OAMS-Schalttafel funktioniert.«

»Wir haben noch 55 Minuten bis zum Zünden der Bremstriebwerke«, sagte Willis von unten in seiner Kommandokapsel. Willis notierte etwas auf seinem Block, und dann ließ er den Stift los. Er schien in Höhe seiner Schulter zu schweben. Willis fing ihn ein und bemühte sich, nicht an den Draht zu kommen, an dem der Stift baumelte.

»55 Minuten hier«, sagte Walker.

»Das ist 5 Minuten früher als nominal«, sagte Houston.

»Landemodul funktionsbereit«, verkündete Walker.

»Roger, Capricorn. Hier sieht alles gut aus. Der Flugdirektor gibt die Landung frei. Alle Systeme *GO*.«

»Ich komme zurück. Inspektion beendet.«

Die Lampen der Fernsehkameras gingen aus, und Walker ließ sich jäh in seine Liege zurückfallen.

»Sehr überzeugend, diese Vorstellung«, sagte Willis, warf seinen Kugelschreiber hoch und sah zu, wie er hin- und herbaumelte. »Du bist ein As deiner Rasse, Jack, mein Alter.«

»Scheiße«, sagte Walker.

11

Vor dem hübschen, hellgestrichenen sauberen Wohnblock im stillen Vorort von Houston drängten sich Fernsehteams, Polizeiautos und selbst ein ambulanter Würstchenstand. Kameramänner, Reporter und Techniker quirlten auf der Straße durcheinander. Alle warteten auf das Erscheinen von Kay Brubaker.

Bob Caulfield setzte sich mit einem Plastikbecher voll Kaffee an den Straßenrand. Er blickte nach rechts und sagte: »Ulkig, ausgerechnet Sie hier zu treffen.«

Judy Drinkwater antwortete: »Mach 'ne Fliege.«

Caulfield kicherte. »Sehr gut, Judy, wie du so tust, als könntest du mich nicht ausstehen. Aber laß bloß keinen der lieben Kollegen hier merken, was wir wirklich füreinander empfinden.«

»Wie kommt es, daß Sie heute rasiert sind?«

»Ich rasiere mich immer. Ich bin immer fabelhaft angezogen und äußerst gepflegt, Judy. Auf den Fluren von NBC bin ich bekannt als Zauberjunge.« Er rieb sich die Wange. »Heute stand ich offenbar nicht nahe genug am Rasierapparat. Das Surren macht mich so nervös.«

»Noch mehr Macho-Gehabe«, bemerkte Judy verächtlich und trank einen Schluck aus ihrem Plastikbecher.

»Wie fürchterlich ist der Kaffee?«

»Nicht zu sehr.«

»Wette, er ist zum Speien.«

»Dann lassen Sie ihn doch stehen.«

»Ach, ich bin nicht topfit ohne meinen Morgenkaffee«, sagte er. »Ich wette, dieses Zeug ist nicht mal so gut wie das, was sie umsonst an die armen Flutopfer austeilen.« Er zerrte ungeschickt am Plastikdeckel seines Bechers. »Alles muß erst ausgewickelt oder geöffnet werden.«

»Hm«, machte Judy.

»Kommt mir vor, als wickelte ich immerzu was aus. Wenn ich aufwache, fange ich an mit dem dämlichen Zellophan über dem Wasserglas, dann das blöde Wachspapier der Holiday-

Inn-Seife. Sogar über der Klobrille ist ein Papierstreifen, damit mir auch ganz gewiß klar wird, daß ich der erste bin, der sich draufsetzt. Eine jungfräuliche Toilette. Eines Tages werde ich verschlafen, und man wird kommen, mich einwickeln und zukleben und in den Müll-Container schmeißen.«

»Armer Bob.«

»Ach wo, ich meine es ganz ernst. Nach einer Weile vergißt man, in welcher Stadt man sich befindet. Es könnte Houston sein oder Cincinnati oder Kairo. Überall dasselbe – auch die meisten Menschen. Irgendwo muß es eine geheime Fabrik geben, wo sie das Personal für Holiday Inns herstellen.«

»Vielleicht sollten Sie sich einen anderen Job suchen. Ein Vetter von mir hat eine Hühnerfarm draußen in Petaluma aufgemacht, und er ...«

»Nein, Judy, dazu bin ich nicht berufen, das ist nicht mein Lebenswerk«, sagte Caulfield. »Was ich sagen wollte, ist das: Alles wäre viel leichter zu ertragen, wenn ich es mit einem Menschen, den ich mag, durchmachte. Jemand, der mit mir all diese de-humanisierenden Dinge teilt, jemand, der mit mir ...«

»Was für ein Quatsch!«

»Das ist nicht gerade die Erwiderung, die ich erwartet habe.«

»Sie brauchen ein neues Drehbuch, Robert. Dieses ist ein alter Hut. Wenn ich mich recht erinnere, haben Sie ihn auch vor mir schon ein paarmal gezogen.«

»Alt?« Er schlug sich mit der freien Hand an die Brust. »Was soll denn das heißen?«

»War da in Kalifornien nicht Liz Haller? Bei der haben Sie dieses Plastikgesellschaft-Ding abgezogen, plus der Suche nach einem Partner, der ihr Zugrundegehen mit Ihnen beobachtet.«

Caulfield grinste. »Es hat genützt.«

»In Kalifornien nützt es oft, zu schwindeln.«

»Aber wirklich, Judy, mit Ihnen meine ich es ernst. Ich fühle ...«

»Was für ein Quatsch. Entschuldigen Sie die Wiederholung.«

»Sie würden Ehrlichkeit nicht mal erkennen, wenn Sie von ihr überfahren würden.«

»Nicht, wenn Sie sie fahren.«

Caulfield schlug die Augen zum Himmel auf. »Warum, guter Gott, mußte ich mich ausgerechnet in diese überschlaue Mieze verlieben?«

»Vielleicht, weil wir beide dem Ereignis beiwohnen, in dem die Geschichte der Menschheit einen gewaltigen Schritt nach vorn macht?« schlug die Blonde vor.

»Ich geb's auf.« Caulfield probierte seinen Kaffee. »Puh.«

»Geben Sie nicht so schnell auf. Sie sollten die Dinge anders angehen.«

»Ach – so?« Caulfield goß den Kaffee in den Gully. »Und wie, meinen Sie?«

»Sie müßten ehrlicher sein, offener«, meinte Judy. »Ich bewundere einen Mann, der einfach kommt und sagt: ›Hey, ich will mit dir schlafen.‹ «

»So, Sie meinen, das wäre der Trick?«

»Besser jedenfalls als so ein Quatsch wie: ›Wir müssen das Leben zusammen leben ...‹ «

»In Ordnung«, sagte Caulfield. »Ich will mit dir schlafen.«

»Kein Bedarf.«

Um sie herum wurde es jetzt unruhig. Kameramänner erhoben sich vom Pflaster, Reporter griffen nach ihren Mikrofonen. Die Haustür hatte sich geöffnet, und Kay Brubaker trat heraus in den Morgen.

Caulfield war mit einem Sprung bei einem Kollegen und nahm dessen Mikrofon. »Guten Morgen, Mrs. Brubaker.«

Ein anderer Zeitungsmann fragte: »Wie fühlen Sie sich?«

»Sind Sie sehr aufgeregt?«

»Schlafen Sie genug?«

»Es tut mir leid, daß ich Sie so lange hier vor dem Haus warten lassen mußte«, fing Kay an, »aber ich habe nicht viel zu sagen, außer daß ... ja ... daß ich sehr aufgeregt bin. Alles scheint so gut zu laufen. Natürlich bin ich dankbar dafür. Dr. Kelloway hat mich angerufen und mir gesagt, Bru und seine Crew sind in blendender Stimmung.«

»Wie hat sich das«, fragte Judy, »auf Ihr Familienleben ausgewirkt?«

Caulfield flüsterte ihr ins Ohr: »Das war eine erstklassige Frage.«

Judy stieß ihm mit dem Ellenbogen hart in die Gegend, wo sein Herz saß. »Nicht so sprühend wie Ihr ›Guten Morgen, Mrs. Brubaker‹ – aber nicht schlecht.«

»...die Kinder gehen zur Schule, wie sonst auch«, sagte Kay. »Wir versuchen so gut wie möglich, unser normales, alltägliches Leben zu führen. Aber jetzt müssen Sie mich entschuldigen, bitte. Ich bin nur herausgekommen, um Guten Tag zu sagen. Und vielen Dank für Ihre Geduld.«

Wie unsere Ehemänner, dachte Kay Brubaker, sind wir ein Team. Wenn man eine sieht, sieht man sofort die anderen beiden. Kay in der Mitte, Janet Willis zur rechten und Liz Walker zur linken. Alle mit der Capricorn Eins-Besuchermedaille. Alle mit dem tapferen Ausdruck auf dem Gesicht, alle angestrengt, nicht nervös oder besorgt zu erscheinen. Es gab so viel, was schiefgehen kann. Aber nie durfte ein Mensch ihnen ihre Gedanken ansehen.

Auf der anderen Seite des schalldichten Fensters im Raumfahrt-Kontrollzentrum spürte man jedoch Erregung. Selbst wenn die Leute dort ihren Job ordentlich machten, die Schalttafeln beobachteten und taten, was sie zu tun hatten. Bru hatte einmal versucht, Kay die Technik zu erklären, und sie hatte viel darüber gelesen. Sie wirkte bei Interviews stets gut informiert – eine gute Astronautenfrau. Aber es gab vieles, was sie nicht verstehen konnte, vieles, was sie einfach vergessen hatte.

Vor dem Fenster da unten stand Jim Kelloway. Er schien zu spüren, daß sie ihn ansah, drehte sich um, lächelte sie kurz an und winkte ihr mit dieser vorsichtigen, behutsamen Geste zu, die so typisch für ihn war. Was dachte er wohl? Was fühlte er? Hatte er irgendwelche Zweifel oder Ängste, wie sie auch?

»Hier spricht Paul Cunningham, Capricorn Control. Wir sind bei T-plus 131 Tage, 4 Stunden, 15 Minuten auf dem Flug. Der Flugdirektor meldet: Alles läuft gut. Die Landeeinheit ist überprüft worden, und die Manschaft ist bei bester Gesundheit. Alles ist in bester Ordnung.«

Janet preßte die Hand von Kay. Sie blickten auf den riesigen Bildschirm, der bisher nur das Testbild zeigte.

»In wenigen Sekunden werden wir eine Fernsehnachricht von der Besatzung der Weltraumrakete empfangen. Es ist wichtig zu wissen, daß die Signale zwischen Mars und Erde 21 Minuten lang unterwegs sind. Und natürlich auch umgekehrt. Wir haben keine Möglichkeit, sozusagen unmittelbare Verbindung mit Capricorn Eins aufzunehmen. Was wir jetzt sehen werden, ist bereits vor 20 Minuten passiert.«

Der Bildschirm wurde schwarz.

»Wir empfangen kein Signal von Capricorn Eins«, sagte eine Stimme. Von irgendwo klang ein Knistern.

»Signal kommt.«

»Houston, hier ist Capricorn Eins Landefähre. Houston, hier ist Capricorn Eins Landefähre.« Das war die Stimme von Brubaker.

Kay merkte, wie sie den Atem angehalten hatte. Jetzt atmete sie aus.

»CM/LM-Abkoppelung verlief vorschriftsmäßig. Durch die Sichtluke habe ich die Kommandokapsel direkt vor mir. Delta-V: Brennzeit 2 Punkt 3 Sekunden.«

»3 Punkt 3 Sekunden ist korrekt. Wir werden in Kürze von der Kommandokapsel hören.«

»Houston, hier ist Capricorn Eins Kommandokapsel.« Es war Willis' Stimme.

Kay drückte Janets Hand.

»Ich sehe die Landekapsel. Sie ist 22 Grad Steuerbord.«

»Sehen Sie die Triebwerke?«

»Ich sehe die Triebwerke, Houston. Alles sieht gut aus.«

»In 4 Minuten, 35 Sekunden Bordzeit Zündung der Bremstriebwerke.«

»Wir beginnen mit dem Abstieg aus dem Orbit«, kündigte Brubaker an.

Der Kongreßabgeordnete Peaker war glücklich. Er schlürfte seinen Kaffee und strahlte den großen farbigen Bildschirm auf der anderen Seite seines Schreibtisches an. Außer ihm befanden sich noch fünf Männer in seinem Büro. Zwei Assistenten und drei Kollegen vom Kongreß.

»Warten Sie ab«, sagte er, »in ungefähr fünf Minuten wird das Arschloch Price anrufen und mir sagen, wie erfreut der Präsident ist.«

Auf dem Bildschirm war die rote Oberfläche des Mars zu sehen.

»Hier spricht Paul Cunningham, Capricorn Control. Der Flugdirektor hat bekanntgegeben, daß die Besatzung der Landefähre zur ersten EVA-Landung auf der Oberfläche des Mars freigegeben wurde. Da die Zeitverzögerung ein Gespräch unmöglich macht, wurde der Crew ein besprochenes Band vom Präsidenten der Vereinigten Staaten mitgegeben. Sowie sie die Oberfläche des Mars betreten, wird Commander Walker den Recorder einstellen, und die Crew wird die Botschaft des Präsidenten zum erstenmal hören.«

»Houston«, kam die Stimme von Brubaker, »wir haben die Ausstiegluke geöffnet.«

»Kameras laufen«, sagte Walker.

Im Raumfahreranzug mit Helm entstieg Brubaker der spinnenbeinigen Landefähre. Vorsichtig ließ er sich die Leiter hinunter. Auf der letzten Sprosse blieb er stehen und sagte: »Ich bin unten angekommen.«

Peaker kicherte. Seine Assistenten kicherten.

Immer noch auf der letzten Sprosse, noch nicht mit dem Fuß auf der roten Oberfläche des Mars, sagte Brubaker: »Diesen Schritt mache ich für die ganze Menschheit auf unserer Friedensreise.«

Er senkte den Fuß und schien über dem Marsboden zu schweben.

»Houston, ich befinde mich auf der Oberfläche des Planeten Mars.«

Während Brubaker lautlos auf der Oberfläche auf und ab hüpfte, stieg Walker die Stufen herab und begab sich zu ihm.

Gemeinsam holten sie eine amerikanische Flagge hervor, die sie entfalteten. Als sie die kleine metallene Fahnenstange in den Grund steckten, sagte Brubaker: »Wir betreten diesen Planeten nicht im Namen Amerikas. Wir erobern ihn im Namen aller Menschen des Planeten Erde. Wir hoffen, daß unser Aufenthalt hier das Verständnis der menschlichen Rasse und der Völker der Erde untereinander verstärken hilft.«

»Houston«, sagte Walker, »ich starte jetzt das Band.« Walker war wieder zur Landefähre gegangen, jetzt stand er neben Brubaker.

»An die Männer von Capricorn Eins«, war die Stimme des Präsidenten zu vernehmen. »Ich bringe euch Grüße von den Menschen Amerikas und, ich glaube das sagen zu dürfen, von allen Bürgern der Erde. Es gibt Augenblicke in der Geschichte, die alle Menschen vereinen. Als der Zweite Weltkrieg ausbrach, vergaßen alle freien Männer und Frauen, schwarz, weiß, britisch, russisch, ihre Wesensunterschiede und machten sich klar, daß sie Partner waren in einer Zivilisation, die über unsere geographischen Grenzen hinausreicht.«

»Das Arschloch ist beinahe redegewandt«, bemerkte Peaker. »Hat er einen neuen Schreiber, der ihm sowas aufsetzt?«

»Hat er selbst verfaßt«, sagte einer der anderen. »Das hörte ich jedenfalls.«

»Na, na ...«

»Und heute habt ihr drei Männer mit eurem Mut, eurem Optimismus und eurer Kraft uns wieder vereint. Wir werden nie mehr dieselben sein. Denn dieser Augenblick – mehr als jeder andere in unserer Geschichte – läßt den Menschen auf der Welt klarwerden, daß wir Teil eines Planeten sind, der Teil eines Systems ist, das wiederum Teil eines Universums ist. Wir sind kleine Menschen voller Energie und Klugheit, aber auch unbedeutend – und doch haben wir die Fähigkeit zu Außergewöhnlichem. Ihr habt uns bewiesen, wie großartig wir sein können, indem ihr uns zeigtet, wie weit wir hinaufreichen können. Ihr habt uns bewiesen, daß wir zwar Menschen sind von unterschiedlicher Hautfarbe, unterschiedlichen Religionen und Ideologien, und doch ein einziger Mensch. Ihr seid die grundlegende Wahrheit in uns, ihr seid unsere Realität. Wir werden euch nie im Stich lassen, und wir werden euch immer dankbar sein.«

Eine Sekunde später klingelte das Telefon auf Peakers großem Schreibtisch.

Der dicke Kongreßabgeordnete nahm den Hörer ab. »Ja? Ach, hallo, ja, Mr. Vice President.« Er blinzelte den anderen Männern im Zimmer zu. »Ja, so ist es. Ja, es ist wundervoll, Mr. Vice President. Ein sehr stolzer und wunderbarer Augenblick für alle Amerikaner. Ja, natürlich. Wir sind alle sehr gerührt.

Würden Sie bitten dem Präsidenten sagen, daß es sehr liebenswürdig von ihm ist. Ich freue mich sehr, wirklich. Danke sehr, und meine besten Grüße an Ihre reizende Frau. Ja, Auf Wiedersehen.« Peaker legte auf, nahm einen Schluck Kaffee. »Arschloch.«

Elliott Whitter zögerte ein Weilchen, dann stand er von seinem Platz vor dem Monitor auf. Er vermied den neugierigen Blick seines unmittelbaren Vorgesetzten und ging schnurstracks zu Dr. Kelloway. »Kann ich Sie einen Augenblick sprechen, Sir?«

Kelloway schob seine Brille zurecht. »Gewiß doch, Elliot. Haben Sie ein Problem?«

»Da ist irgend etwas. Ich komme nicht dahinter.«

»Sie sind einer unserer intelligentesten Jungens. Wenn *Sie* nicht mal dahinterkommen, muß es wirklich ein Problem sein.«

»Also – ich weiß nicht genau, was nicht in Ordnung ist«, sagte Whitter. »Aber irgendwas stimmt da nicht, auf dem Monitor. Vor längerer Zeit schon habe ich mit Dr. Bergen darüber gesprochen. Er meinte, es läge am Schaltkreis. Aber... könnten Sie nicht mal einen Blick darauf werfen?«

Kelloway rührte sich nicht. »An welchem Monitor sitzen Sie?«

»Telemetrie. Es ist 36.«

»Ach ja, Dr. Bergen hat mit mir darüber gesprochen. Sie sollte sofort in Ordnung gebracht werden, Elliot.«

»Vielleicht, Sir, aber ich bekomme immer wieder diese schielenden Bilder.«

»Was meinen Sie mit ›schielenden Bildern‹?«

»Ich habe ein eigenes Programm ausgearbeitet, Sir, nur um etwas zu prüfen. Der Empfang ist anders.«

»Sie haben Ihr eigenes Programm erarbeitet?«

»Sehen Sie, ich glaube nicht, daß es an den Schaltkreisen liegt. Es kommt mir eher vor... Es ist die Übertragung vom Mars, Sir. Sie ist nicht...«

»Ich sage Ihnen was, Elliot. Wir nehmen das Ding, Ihre 36, auseinander«, sagte Kelloway und legte seinen Arm flüchtig um die Schultern des jungen Mannes. »Arbeiten Sie weiter so. Mit ihrem ungeteilten Interesse werden Sie eines Tages den ganzen Laden hier schmeißen.«

»Tja... dann, danke.« Mit finsterm Gesicht wandte Whitter sich ab und ging langsam zu seinem Platz zurück.

13

Die Bar schien aus Schatten und schimmernden Lichteffekten zu bestehen, aus dunklem Holz und Tiffany-Gläsern. Unter dem Goldschimmer einer Hängelampe beobachtete Bob Caulfield den Billardtisch mit lässiger Konzentration. Mit dem Queue in einer Hand wanderte er um den Tisch, bis er zu seinem Glas mit Scotch kam, das auf einer Ecke stand. Er nahm einen Schluck und sah sich um.

Ein Mann kam herein. Caulfield winkte ihn herüber zu sich. »Wenn es etwas gibt, das schlimmer ist, als allein zu trinken, dann ist es: allein Billard zu spielen«, sagte er. »Also, leiste mir bei beidem Gesellschaft, Elliot.«

Elliot Whitter trat zu ihm an den Tisch. »Mir ist nicht nach Spielen zumute, Bob.«

»Oh? Ich habe ernsthaft in Betracht gezogen, dir die Chance zu geben, die fünfzig Lappen zurückzugewinnen, die du das letztemal verloren hast, als wir uns hier in der geselligen Atmosphäre von Danny's trafen.«

Whitter schüttelte den Kopf. »Nein, ich bin nicht in Stimmung.«

»Eightball, fünf Bucks ein Spiel?«

»Nein.«

»Zehn Dollar.«

»Ehrlich, ich meine es ernst.«

»Ich auch«, sagte Caulfield und kehrte zu seinem Drink zurück. »Ich bin eben dabei, an gebrochenem Herzen zu sterben, und was sonst könnte mich von der Schwelle des Selbstmords zurückreißen als ein freundliches kleines Spielchen.«

»Bist du betrunken?«

Caulfield überlegte. »Das wäre eine Möglichkeit, Elliot. Ja, tatsächlich, das würde erklären, warum ich mich besser fühle, als ich eigentlich sollte.«

»Vielleicht brauche ich auch einen Drink.« Whitter ging zur Bar. Caulfield rieb die Spitze seiner Queue mit Kreide ein, plazierte die Bälle und leerte sein Glas fast bis auf den letzten Tropfen.

Whitter kam mit einem doppelten Scotch zurück. Er zog seinen Sportmantel aus und hängte ihn auf. »Okay, laß uns spielen.«

»Fabelhaft.« Caulfield plazierte den Queueball, lehnte sich herüber und stieß zu.

»Wie kommt's, daß ich nicht mehr zu mir komme?«

»So?« Mit einer Verbeugung trat Caulfield beiseite. »Du bist dran.«

Whitter setzte sein Glas ab, wählte ein Queue und näherte sich dem Tisch. Er brauchte eine Minute, bis er sich zu einem Stoß entschloß. Als er sah, wie miserabel er war, murmelte er irgend etwas vor sich hin und trat zurück.

Caulfield schüttelte den Kopf. »Sonst bist du nicht so mies«, sagte er. »Hattest du einen schweren Tag?«

Whitter fand sein Glas und trank es in einem Zug leer. »Ich weiß nicht, ob ich darüber sprechen möchte.«

»Sieh mal, nur weil ich einer der am meisten geehrten und beliebtesten NBC-Leute bin, brauchst du nicht zu denken, daß du mir nicht vertrauen kannst. Eigentlich wollte ich ja Priester werden, und wenn man mich in der Pubertät nicht erwischt hätte, würde ich heute die Robe tragen ...«

»Es ist ernst, Bob.«

»Das war die Pubertät auch, Junge. Ach, der erste Sommer, als ich ...«

»Es geht darum, daß ich eigentlich nicht weiß, was los ist«, sagte Whitter und stützte sich auf sein Queue. »Die Zahlen kommen so verrückt raus. Ich habe alles genau überprüft und dann Dr. Bergen Bescheid gesagt. Er benahm sich ... Weißt du, es schien ihm irgendwie nicht zu passen, daß ich das herausgefunden habe. Er meinte, daß die Schaltung nicht einwandfrei funktioniert.«

»Und? Hatte er recht?«

Whitter sah verwirrt aus. »Na ja, vielleicht. Er muß ja wissen, was er tut«, sagte er langsam, und es hörte sich durchaus nicht überzeugt an. »Auf jeden Fall, die Zahlen konnten einfach nicht stimmen.«

Caulfield klopfte mit dem leeren Glas an sein Kinn und fragte: »Wenn es nun irgendeine blöde Fehlfunktion ist – warum bist du dann so kaputt deswegen?«

»Zum Teil, weil Bergen so merkwürdig reagierte. Er tat so, als sei ich ein kleiner Junge, der sich da mal umsehen darf. Fehlte nur, daß er mich herablassend getätschelt hätte.«

»Erzähl mir mehr von diesen schiefen Zahlen. Im Klartext.«

»Das merkwürdigste ist«, sagte Whitter, »diese Signale können unmöglich aus einer Entfernung von 300 Millionen Meilen hereingekommen sein. Richtig?«

»Moment mal. Was für Signale, Junge?«

»Die Fernsehübertragung«, erklärte Whitter. »Sie schienen mir nicht aus dem Raumfahrzeug oder vom Mars zu kommen. Sie schienen von der Erde zu stammen.«

»Willst du mich auf den Arm nehmen?«

»Ich will dir erklären, was mich so aufregt. Ich bin mir zwar noch nicht genau darüber im klaren, was das alles bedeutet. Sieh mal, falls ...«

»Hey, Caulfield! Anruf für Sie!« rief der Barkeeper durch den Raum.

Caulfield legte Whitter beide Hände fest auf die Schultern. »Du bleibst hier, Elliot. Ich will alle Einzelheiten von der Geschichte hören.« Er trottete davon und fragte an der Bar: »Eine Dame?«

»Scheint mir nicht so.« Der Barkeeper reichte ihm den Hörer über die Theke.

»Hallo, hier Caulfield.«

»... Unfall vorüber ... Flammen ...«

»Hey, tut mir leid, Sie müssen lauter sprechen, die Verbindung ist saumäßig. Wer spricht dort?«

»... sollte die Geschichte haben ...«, sagte die quäkende Stimme aus weiter Entfernung. »Jetzt ist Ihr ...«

»Ich verstehe gar nichts. Sprechen Sie bitte deutlicher.«

»... über die ... Nachrichten ...«

»Hören Sie«, sagte Caulfield mit erhobener Stimme. »Rufen Sie jemanden in meiner Redaktion an. Wenn es etwas ist, über das ich berichten soll, lassen die mich es wissen. Ich verstehe Ihr Genuschel nicht.« Er legte auf. »Verdammt.«

»Keine Romanze?«

»Scheint nicht so. Aber da ich gerade in der Nähe bin«, sagte Caulfield, »machen Sie mir noch einen Scotch.« Während der Barkeeper den Drink zurechtmachte, trommelte Caulfield mit den Fingern auf der Bar.

Mit einem neuen Drink kehrte er an den Billardtisch zurück. Whitter war nirgendwo zu sehen. Sein Queue war ordentlich zurück in den Halter gestellt, sein Mantel war verschwunden. Sogar sein Glas war nicht mehr zu sehen.

»Elliot?« Caulfield sah sich um. Der junge Mann war nicht zu sehen. »Er hätte sich nicht den Mantel angezogen, um aufs Klo zu gehen«, murmelte er.

Seufzend nahm Caulfield einen Schluck. Vielleicht würde Whitter gleich zurückkommen.

Aber er kam nicht zurück.

14

Willis wiegte sich in seinem Liegesitz. Walker kratzte sich am Kinn. Brubaker saß still und starrte vor sich hin.

»Hat irgend jemand Hunger?« wollte Willis wissen.

»Nein«, sagte Walker.

»Weil ich sonst«, fuhr Willis fort, »obwohl wir uns Millionen Meilen von der Erde entfernt befinden, glücklich wäre, eine Pizza zu holen.«

Es wurde wieder still in der nachgebauten Kommandokapsel.

Dann öffnete sich die Luke, und ein junger Mann in dunklem Anzug schaute herein. »Colonel Brubaker, wünscht die Crew etwas zu essen?«

Brubaker gab keine Antwort.

Endlich sagte Walker: »Wir wünschen gar nichts.«

»Colonel«, der junge Mann war hartnäckig, »Dr. Kelloway möchte wissen, ob es Ihnen allen gut geht, ob Sie sich in Ihrer Umgebung wohl fühlen. Ich habe ihm berichtet, daß Sie offensichtlich nicht mehr Räume benötigen und daß Sie die Kapsel kaum verlassen haben.« Er hüstelte hinter sorgsam vorgehaltener Hand. »Dr. Kelloway meint, es würde Ihnen besser gehen, wenn Sie in Ihren Zimmern schlafen würden.«

Stille.

»Colonel Brubaker«, sagte der junge Mann, »wie denken Sie darüber?«

»Wir ziehen es vor, hierzubleiben«, sagte Brubaker, ohne ihn anzusehen.

»Tja, wenn ich nichts mehr für Sie tun kann ... dann entschuldigen Sie mich wohl.« Er zog die Luke hinter sich zu.

»Also, wie hat er das wohl fertiggebracht?« sinnierte Willis. »Die Luke von draußen zu öffnen – hier mitten im Weltraum.«

»Wir sind nicht allein«, sagte Walker.

»Was? Meinst du etwa, hier draußen gibt es intelligente Wesen?«

»Intelligent? Das würde ich nun nicht behaupten ...«

»Ich werde es nicht tun«, sagte Brubaker plötzlich.

»Was tun?«

»Morgen. Ich werde nicht hier sitzen und meiner Frau erzählen, was für eine verdammt gute Sache wir machen«, sagte Brubaker grimmig. »Ich kann es einfach nicht tun.«

»Sieht so aus, als bliebe dir nichts anderes übrig«, meinte Walker.

»Ich habe zwei kleine Kinder zuhause, die verfolgen das mit strahlenden Augen. Ich habe ihnen erzählt, daß ihr Vater etwas macht, worauf sie stolz sein können, so stolz auf ihn, wie er auf sie ist«, sagte Brubaker und starrte mißmutig vor sich hin. »Und irgendwann soll ich nach Hause gehen, sie küssen und in diese Augen sehen. Nach Hause gehen und so tun, als wäre alles in Ordnung. Scheiße, ich kann mir nicht vorstellen, wie ich ihnen je so etwas vorlügen könnte.«

»Ja, das ist nicht einfach, Bru«, sagte Willis.

»Seit zwei Monaten sitzen wir hier mit dem Finger im Mund«, sagte Brubaker. »Und ich werde das nicht weiter mitmachen.«

»Okay, okay«, sagte Walker begütigend und hielt seine große schwarze Hand hoch. »Stell dir vor, wir verpfeifen diesen irren Betrug und verkünden morgen der Nation übers Fernsehen die ganze Wahrheit. Was haben wir damit erreicht?«

»Wir werden einigen Leuten das Essen versalzen«, knurrte Willis.

»Wir haben bereits unser Leben versalzen.«

»Stimmt. Aber was nützt das irgendeinem anderen Menschen?« fragte Walker.

»Also, jetzt hörst du dich schon an wie Kelloway«, spottete Brubaker.

»Danke vielmals, Kumpel.«

»Du hast dich auch nicht viel anders angehört, Bru«, sagte Willis. »Das mit deinen strahlenden Kinderaugen und so weiter. Ich hab' schon drauf gewartet, daß du eine Orgel aus dem Hemd holst. Scheiße, Mann, deinetwegen haben wir schließlich mitgezogen. Und nun hast du plötzlich deine Meinung geändert und bist fromm geworden. Wenn du jetzt den Stecker rausziehst, Junge, dann wirst du als erster dran sein. Du, vergiß das nicht. Und unsere Familien? Mann, sie werden sie umbringen.«

»Ich will nicht, daß meiner Frau irgendwas deinetwegen passiert«, sagte Walker. »Ich habe bis jetzt 'ne Menge Lügen erzählt, und auf ein paar mehr kommt es mir wahrhaftig nicht an.«

»Okay, okay«, sagte Brubaker begütigend. »Ich weiß, ich weiß.«

Der junge Mann im dunklen Anzug saß in einer schalldichten Kammer und blickte gebannt auf einen Lautsprecher über seinem Kopf.

»Es ist nur«, ertönte Brubakers Stimme, »ich kann mir einfach nicht vorstellen, wie ich das morgen durchziehe.«

»Warte mal«, sagte Willis, »ganz plötzlich habe ich das Gefühl, du stehst ganz woanders als wir – auf der Seite dort drüben.«

»Nein, das will ich nicht. Ich versuche nur, klarzumachen, daß ich... ich weiß nicht – daß ich einen Punkt erreicht habe, von dem aus ich nicht weiterkann.«

»Wir müssen auch weiter«, hielt ihm Walker vor. »Kelloway ist ein Irrer, und trotzdem ist er wahrscheinlich der vernünftigste von den Idioten hinter ihm. Wir haben da draußen unsere Familien, und wir stecken zu tief drin in der Sache, um uns noch an den eigenen Haaren rauszuziehen.«

Der junge Mann griff nach dem Telefon und wählte mit flinken Fingern eine Nummer.

»Aber man verbringt doch sein ganzes Leben damit, irgend etwas zu tun«, sagte Brubaker. »Und was kommt dabei heraus? Dieses hier. Was für eine irre Scheiße.«

»Einverstanden, Scheiße, irre Scheiße sogar«, sagte Willis. »Aber, Bru, es ist unsere Scheiße. Wir haben sie fabriziert, wir haben sie zusammen gemacht. Waren einverstanden mit allem. Und ich glaube wirklich, wir müssen den ganzen Weg beisammen bleiben und durchstehen.«

»Weiß nicht, ob ich das fertig kriege.«

»Geben Sie mir Dr. Kelloway«, sagte der junge Mann ins Telefon. »Dr. Kelloway? Ich glaube, wir werden morgen mit einem Problem konfrontiert – Brubaker.«

15

Caulfield saß zusammengesunken da. Von seinem Platz aus auf den Pressesitzen auf der verglasten Tribüne konnte er fast den ganzen Kontrollraum überblicken. Sein Blick schweifte über die Reihe der Monitore. Es war leicht, den von Whitter zu finden, weil niemand an seinem saß. Über dem Bildschirm hing eine Schutzplane.

»Wenn Sie weiter so dasitzen, bekommen Sie Rückgratverkrümmung.« Judy Drinkwater ging an ihm vorbei zu ihrem Platz.

Caulfield kitzelte ihr mit der Hand von hinten das Knie.

Sie trat ihm kräftig auf die Zehen, ehe sie weiterging.

»Hervorragende Reflexe.« Caulfield holte einen Filzstift aus seiner Innentasche. Nach einem letzten Blick auf Judy sah er sich in dem gläsernen Käfig um. Reporter zu seiner Rechten, Reporter zu seiner Linken. Vor ihm die wichtigeren Typen, Politiker und die drei Frauen der Astronauten.

Er kaute auf dem Stift und betrachtete nachdenklich den Stuhl vor dem Monitor, auf dem eigentlich Whitter sitzen sollte.

»Hier spricht Paul Cunningham, Capricorn Control. Wir erwarten den Beginn der letzten Fernsehübertragung aus der Kommandokapsel während ihrer Rückkehr zur Erde. Diese Übertragung wird ein Gespräch zwischen den Astronauten und ihren Ehefrauen sein. Endlich ist das Raumschiff der Erde wieder so nahe, daß eine einigermaßen normale Unterhaltung möglich sein wird.«

Farbstreifen flackerten über den großen Bildschirm an der Wand.

»Capricorn Eins, hier ist Houston. Capricorn Eins, hier ist Houston.«

»Houston.« Es war die Stimme von Brubaker. »Hier ist Capricorn Eins.«

Auf dem Bildschirm schien es zu schneien. Dann kam ein Bild von der Crew in der Kommandokapsel.

»Houston, haben Sie ein Bild?«

»Roger, Capricorn, wir haben ein Bild. Hier sitzen drei sehr aufgeregte Damen, die mit Ihnen sprechen möchten.«

»Und wir möchten mit ihnen sprechen«, sagte Walker grinsend.

Die Frauen hatten Mikrofone umhängen. »Jack, ich bin es.«

»Hallo, du, Betty.«

»Du siehst gut aus.«

»Danke. Ich kann dich nicht sehen, weißt du, aber deine Stimme klingt wunderbar.«

»Du fehlst mir, Jack. Sehr. Und die Kinder vermissen dich auch.«

»Wie geht es den Kindern?«

»Sehr gut. Sie vermissen dich nur sehr.«

»Ja, kann ich mir denken. Es war nicht ganz einfach ... ja, sag ihnen, daß ich sie auch sehr vermisse.«

Als nächste war Janet Willis dran. »Peter, hallo.«

»Ich hab' dich doch gebeten, mich hier nicht anzurufen.«

»Ist alles in Ordnung? Vermutlich, wenn du Späße machen kannst.«

»Wer macht Späße? Ernsthaft, ich fühle mich großartig. Wie geht's Sandy?«

»Sehr gut. Sie hat die Rolle der Wendy in ihrer Schulaufführung. In *Peter Pan.*«

»Wir sind fürs Schauspielern offenbar sehr begabt.«

Janet sagte: »Du hörst dich so nahe an. Es ist kaum zu glauben, daß du wirklich da irgendwo weit weg im Weltraum bist.«

»Ich kann es auch kaum glauben.«

Kays erste Worte waren: »Bru, du siehst irgendwie sauer aus.«

»Tut mir leid. Kay. Aber es ist nichts. Mir geht es gut.«

»Wir alle sind so stolz auf dich.«

Brubaker blinzelte. Er antwortete nicht sofort.

»Bru, kannst du mich noch verstehen?«

»Klar.«

»Hey, Janet«, fiel Willis ein. »Wer spielt Capt. Hook?«

»Andy Frawley.«

»Paßt gut.«

»Bru?«

»Ja, Kay.«

»Ich liebe dich.«

»Ich liebe dich«, sagte Brubaker.

»Jack«, sagte die Frau von Walker. »Ich will dir nur sagen deine Eltern haben angerufen. Sie möchten, daß du weißt, sie denken die ganze Zeit an dich.«

»Schön, wie schön. Ich denke auch sehr viel an sie.«

»Bru, ich habe eine Überraschung für dich«, sagte Kay und griff in ihre Handtasche.

»Was ist es?«

»Charles schrieb einen Aufsatz. Er bekam einen Preis dafür. Ich möchte ihn dir vorlesen.«

Brubaker schloß die Augen.

»Bru, kannst du mich hören?«

»Ja, ich verstehe dich. Lies es vor, das wäre schön.«

Kay entfaltete das zerknitterte linierte Stück Papier. *»Mein Vater* von Charles Brubaker junior. Das ist der Titel. ›Mein Vater ist weit entfernt von mir. Er fliegt zum Mars. Ich vermisse ihn sehr. Aber ich bin nicht traurig. Früher war ich immer traurig, wenn er fort war. Eines Tages hat er etwas zu mir gesagt. Er sagte, kein Mensch kann für sich allein leben. Er sagte, er versucht etwas zu tun, was für alle Menschen gut ist. Ich weiß, daß er das jetzt tut. Und auch, wenn er weit weg ist, denkt er an mich, und irgendwie bin ich bei ihm. Darum bin ich nicht traurig. Darum bin ich so stolz!‹«

Willis hustete, die Augen auf Brubaker gerichtet. Walker hielt den Kopf gesenkt.

Brubaker versuchte etwas zu sagen, aber er mußte sich erst räuspern.

»Kay, ich muß dir etwas sagen...«

»Bru, was ist?«

Einige Sekunden lang schwieg Brubaker. »Ich will, daß du weißt...ich liebe euch alle. Sag Charlie, sein Aufsatz ist einfach Spitze«, sagte er dann. »Oh, und sag ihm, daß wir alle wieder im Yosemite-Park Ferien machen werden, wenn ich zurück bin. Richtig Ferien, wie im letzten Sommer.«

Kay runzelte die Stirn und lehnte sich nach vorn. Ihre Lippen zitterten ein wenig.

Caulfield entging die Bewegung nicht. Er machte mit seinem Stift ein Fragezeichen in sein Notizbuch.

»Ja«, sagte Kay. »Ich sag' es ihm, Bru.«

»Die Zeit ist um, Gentlemen.«

»Roger, Houston«, bestätigte Brubaker.

»Das nächstemal, wenn wir Sie sehen, sind Sie fast zuhause.«

»Amen«, sagte Kay.

Caulfield schloß sein Notizbuch und kaute weiter an dem Stift.

16

Bob Caulfield parkte seinen vier Jahre alten Mustang lässig an der Bordkante und stieg aus. Er ging mit schnellen Schritten hinüber zu dem Apartmenthaus, eilte die Treppen hinauf, den Außenflur im zweiten Stock entlang und blieb vor der Tür mit dem Schild 2A stehen. Er klopfte und trat unruhig von einem Fuß auf den anderen. Dann klopfte er noch einmal.

Die Tür wurde ein paar Zentimeter weit geöffnet, und eine junge dunkelhaarige Frau blickte ihn prüfend an. »Ja?«

»Ist Whitter hier? Sagen Sie ihm, ich bin's, Caulfield.«

»Was?«

»Whitter, Elliot Whitter.«

Das Mädchen schien verwirrt. »Hier ist niemand, der so heißt«, sagte sie. »Sie sind an der falschen Wohnung.«

Caulfield trat einen Schritt zurück, studierte die Nummer an dem Messingschild der Tür. »Ja, aber hier ist doch 2A.«

»Das stimmt. Aber diese Gebäude ähneln sich wie ein Ei dem anderen, wissen Sie.«

»Stimmt. Dies ist 1284 Claridge, nicht wahr?«

»Nun, ja...«

»Okay, dann wohnt Elliot Whitter hier. 1284 Claridge, Apartment 2A.«

Die junge Frau blickte ihn finster an. »Machen Sie sich einen Spaß mit mir, oder was ist los?«

»Elliot ist ein Freund von mir. Ich bin mindestens ein dutzendmal hier gewesen. Ich weiß, daß er hier wohnt.«

»Nein, ich wohne hier«, behauptete das Mädchen. »Ich.« Sie wollte die Tür schließen.

Caulfield schob seinen Fuß dazwischen wie ein fliegender Händler. »Halt. Ich bin nicht verrückt, und ich will Sie nicht vergewaltigen. Ich suche meinen Freund, der hier wohnt. Wirklich.«

»Nehmen Sie Ihren Fuß weg«, sagte das Mädchen wütend. »Oder ich rufe die Polizei.«

»Sehen Sie, ich habe ihn seit einer Weile nicht finden können. Sogar die Post behauptet, daß seine Nummer gestört sei«, sagte Caulfield, den Fuß noch immer auf der Schwelle. »Vielleicht ist er umgezogen. Seit wann wohnen Sie hier?«

»Seit zwei Jahren. Würden Sie jetzt endlich ...«

»Aber das ist unmöglich«, beharrte Caulfield. »Ich weiß, daß Caulfield zumindest noch vor ein paar Monaten hier gewohnt hat. Ich kann beweisen, daß ich schon öfter in der Wohnung hier war. Ich werde sie Ihnen beschreiben. Zwei Zimmer, ein Wohnzimmer mit Eßecke, und ein Schlafzimmer.«

»Wie in hundert anderen Wohnungen in diesem Komplex.«

»Okay, aber in dieser stehen Elliots moderne Möbel. Eine braune Ledercouch und ein Glastisch. Und beige oder hellbraune Teppichauslegware. Hellbraun auf jeden Fall.«

Das Mädchen trat zurück und öffnete die Tür weit. »Dann schauen Sie herein, aber dann verschwinden Sie sofort.«

Caulfield trat über die Schwelle und blieb nach ein paar Schritten im Zimmer stehen. Kein Teppich, weder beige noch hellbraun. Der Fußboden war aus dunklem Parkett. Die Einrichtung antik, die Couch mit geblümtem Chintz bezogen. Auf dem Teak-Couchtisch lagen Frauenzeitschriften. Er nahm eine in die Hand. Die Abonnementsquittung war noch angeheftet: Sharon Leacock und diese Adresse hier. Das Magazin war fünf Wochen alt.

»Okay«, sagte das Mädchen, »welches Spiel Sie auch vorhaben mögen, es ist aus. Sie verschwinden, oder ich rufe die Bullen.«

Er ließ die Zeitschrift auf den Tisch fallen. »Sie kennen wahrhaftig keinen Elliot?«

»Ich habe nie von einem Elliot gehört«, sagte sie. »Und wenn er ein Typ ist wie Sie, bin ich verdammt froh darüber.«

»Seltsam«, sagte Caulfield und ging zur Tür. »War nett, Sie kennenzulernen.« Er ging hinaus, und sie warf die Tür hinter ihm zu.

Er stieg in seinen Wagen, blieb eine Weile sitzen und betrachtete nachdenklich das Gebäude. Mit finsterer Miene startete er schließlich und fuhr los.

Es war ein heißer Nachmittag, und der Highway nach Houston schimmerte im Hitzedunst. Der Verkehr war dünn.

»Ich habe alte Reporter gekannt, die ihr Hirn mit Saufen ruinierten«, murmelte er vor sich hin. »Aber ich glaube, ich bin noch nicht ganz so weit. Elliot wohnte dort, und jetzt ist er verschwunden. Aber kein Mensch kann verschwinden, ohne eine Spur zu hinterlassen. Ich muß was unternehmen ...«

Er bemerkte plötzlich, daß der Mustang seine Fahrt beschleunigte. Der Tachometer stieg von 55 auf 60 Meilen, dann von 65 auf 70.

Caulfield nahm den Fuß vom Gas.

Der Tacho stieg auf 75 Meilen.

Er konzentrierte sich darauf, sorgfältig die langsamer fahrenden Wagen zu überholen, trat vorsichtig auf die Bremse.

Die Geschwindigkeit erhöhte sich auf 80.

»Lieber Gott«, sagte er leise und stieg immer wieder hart auf das Bremspedal.

Die Bremsen funktionierten nicht.

Der Wagen röhrte den Highway entlang, im Zickzack durch den übrigen Verkehr, schoß von der Leitplanke zur anderen Seite im Versuch, nicht in einen anderen Wagen zu rasen.

Schweiß stand auf Caulfields Stirn, seine Hände krampften sich um das Steuer.

Der Tacho stieg auf 90.

Ein Orkan schien in seinen Ohren zu dröhnen. Die Wagen hinter ihm hupten.

Der Mustang zitterte, die Reifen rauchten, im Wagen roch es nach verbranntem Gummi.

Eine Hand am Steuer, griff er mit der anderen nach der Handbremse.

Der Tacho stieg auf 95.

Caulfield stellte die Zündung ab und riß den Schlüssel heraus.. Nichts änderte sich.

»Verdammte Scheiße«, murmelte er.

Whum!

Er prallte gegen die rechte Seite eines anderen Wagens, als er vorbeischoß. Der Mustang schlingerte, schlidderte auf den Grünstreifen. Er hatte den Wagen wieder unter Kontrolle, aber er schoß weiter dahin mit beinah 100 Meilen pro Stunde.

Er versuchte es mit der Schaltung. Nichts.

Der Tacho stieg auf 110.

Er hatte das Gefühl, in einer Geisterbahn zu sitzen, ausgeliefert, ohne Macht über den Wagen. Eine Hand behielt er jetzt auf der Hupe. Es klang wie ein lauter Schrei. Oder war er es, der schrie?

Es gab keine Möglichkeit, den Wagen anzuhalten. Er jagte den schimmernden Highway entlang.

Der Tacho stieg auf 120.

Die anderen Wagen konnten kaum ausweichen.

Da sah er etwas. Der Highway lief jetzt parallel mit der Bucht. Er holte tief Atem und riß das Lenkrad herum.

Es schien, als wollte der Mustang von der Straße abheben. Er schoß quer über die Grünfläche, einen unmöglichen Augenblick lang quer vor den entgegenkommenden Wagen.

Dann war er von der Straße herunter, hoppelte über eine Wiese, segelte durch die Luft und mit dem Kühler nach unten stürzte er sich in das trübe, braune Wasser.

Wasser strömte durch die offenen Fenster.

Caulfield kämpfte mit dem Gurt, bis er endlich frei war. »Ruhig bleiben, keine Panik«, befahl ihm sein Gehirn. Aber er hätte lieber laut geheult.

Er bekam die Tür nicht auf.

Irgend etwas unsagbar Starkes preßte sich gegen seine Brust. Als würde er von einem Riesen umarmt, der den wenigen Atem, den er noch zur Verfügung hatte, aus ihm herauspressen wollte.

»Ruhig bleiben, keine Panik.«

Er wand sich so lange, bis er mit dem Oberkörper durch das offene Fenster war. Er bewegte die Arme heftig im Wasser und begann zu steigen. Plötzlich wurde er zurückgerissen. Sein Hosenbein war irgendwo hängen geblieben. An der Türklinke.

Der Impuls, die Luft, die in seinen Lungen brannte, herauszulassen, wurde immer stärker.

Er zerrte an seiner Hose, wand sich im Wasser.

Dann – er wußte selbst nicht, wieso, stieg er wieder. Sein Bein war frei.

Es dauerte Ewigkeiten. Ewigkeiten und ein bißchen mehr, bis er endlich die Oberfläche erreichte. Da war Sonne, da war Luft zum Atmen. Er stieß die Luft aus den Lungen und atmete die frische Luft tief ein. Ihm war, als schlucke er eine Viertelflasche Gin. Ihm wurde schwindlig, sein Magen rebellierte.

Aber er zwang sich zu schwimmen, und nach ein paar Minuten war er am verschlammten Strand. Er ließ sich auf die Knie sinken und versuchte, sich zu beruhigen.

Oben auf dem Highway hielten jetzt Wagen. Menschen stiegen zu ihm herunter.

Caulfield bemerkte, daß alles kaum drei Minuten gedauert hatte. Ewigkeiten waren es gewesen!

»Sind Sie okay?« fragte der schwitzende schwarze Mann, der ihn als erster erreichte. »Was, zum Teufel, ist passiert?«

»Das«, sagte Caulfield mit heiserer Stimme, »ist eine sehr gute Frage.«

17

Während sie sich anzogen, hörten sie aus einem Lautsprecher über ihren Köpfen, was sie angeblich taten.

»Hier spricht Paul Cunningham, Capricorn Control. Wir sind jetzt 259 Tage, 14 Stunden, 12 Minuten auf dem Flug. Alle Systeme okay. Das erste Rettungsschiff, die *USS Oriskany*, liegt auf Position bereit. Der Flugdirektor gibt als Position für den ersten Rettungshubschrauber Planquadrat Nummer 2665, für den zweiten Rettungshubschrauber Planquadrat Nummer 2664 an. Bei zielgerechter Landung sollte die Bergungszeit maximal 18 Minuten nach dem Aufsetzen bis zur Öffnung der Luke betragen. Danach beantwortet die Crew Fragen an Deck der *Oriskany* und wird an Bord von Captain Franklin Thorne willkommen geheißen. Dann wird sie medizinisch untersucht. Heute abend um 0800 Pacific Daylight Time werden die Astronauten an einem Victory-Bankett teilnehmen, das von einem speziellen Dessert gekrönt wird: einer vierzig Fuß großen roten Torte, die der Oberfläche des Mars nachgebildet wurde.«

»Bla bla«, knurrte Willis. »Na, das ist doch alles wert! Die Monate gequirlter Scheiße werden mir gewiß nicht mehr so schlimm vorkommen, wenn ich erst mal das spezielle Dessert vorgesetzt bekomme.«

»Du glaubst doch nicht, daß wir es tatsächlich essen«, sagte Walker. »Kelloway hat bestimmt schon einen Trick gefunden, auch daraus eine Finte zu machen.«

»Ach, sei doch nicht solch ein Pessimist, Jack.«

Aus dem Lautsprecher drangen Stimmen.

»Capricorn Eins, hier spricht Houston.«

»Roger, Houston.«

»Ihr macht euch bereit für die Abkoppelung des Service-Moduls von der Landekapsel.«

»Roger, Houston.«

Mit schiefgelegtem Kopf sah Willis zum Lautsprecher hinauf. »Du hast eine fabelhafte Stimme, Bru. Hast du je dran gedacht, als Ansager zum Funk zu gehen?«

Brubaker warf ihm einen bösen Blick zu.

»Du könntest auch ein dufter Diskjockey werden«, schlug Walker vor.

»Ihr befindet euch 17 Minuten 44 Sekunden vom Wiedereintrittspunkt entfernt.«

»Roger.«

»Wir lesen ECS von 1424.«

»1424 ECS.«

»Lenkung auf Spica und Numa.«

»Lenkung auf Spica und Numa.«

Die Tür zum Raum wurde sorgfältig aufgeschoben. Ein junger Mann mit Bürstenhaarschnitt trat ein. »Gentlemen, wenn Sie mit mir kommen würden, bitte.«

»Was soll das, jetzt, wo das Stück anfängt, spannend zu werden?« fragte Walker.

»Ich meine«, sagte Willis, als er zur Tür ging, »daß ich eigentlich die *Abenteuer des Weltraumfahrers Colonel Brubaker* der *Unheimlichen Begegnung mit der Dritten Macht* vorziehe.«

»Oh, ich auch«, meinte Walker. »Es ist viel trauriger.«

»Eine ›Drei-Taschentücher-Show‹, ganz bestimmt.«

»Gentlemen, bitte. Ihr Jet wartet.«

Sie machten sich auf den Weg durch den Lautsprecher-Hangar, über die rote Oberfläche des Mars und traten hinaus in den glühenden Wüstentag.

Der Falcon-Jet wartete mit offener Tür und röhrenden Düsen. Im Handumdrehen saßen sie angeschnallt auf ihren Sitzen, und die Maschine hob ab.

Ein anderer junger Mann mit dem gleichen Bürstenhaarschnitt erzählte ihnen, während die Maschine durch den klaren blauen Himmel schnitt: »Bei der Insel haben wir ein Schnellboot für Sie bereitliegen. Es bringt Sie zur Kapsel, nachdem sie eingetaucht ist.«

»Sieht aus, als flögen wir erster Klasse«, bemerkte Willis.

Der Mann ignorierte ihn und wandte sich an Brubaker: »Das Boot bringt Sie zur Kapsel, wie ich schon sagte. Die *Oriskany* wird mehr als anderthalb Stunden brauchen, bis sie Sie erreicht. Es gibt also keine Hetzerei.«

»Keine Hetzerei«, wiederholte Brubaker höhnisch.

18

»Lagesteuerung und Navigation durchgecheckt.«

»Roger, Capricorn. Sie sind für das Abkoppelungsmanöver bereit.«

Dr. Kelloway ging auf und ab. Er schob seine Brille zurecht und sah sich im Kontrollraum um.

Einer der Techniker am Monitor fing seinen Blick auf und machte ihm ein Zeichen, daß er mit ihm sprechen wolle.

Kelloway ging zu ihm hin. »Wie sieht's aus, Marschall?«

»Könnte sein, daß wir ein kleines Problem haben, Sir.«

»Oh, was denn?« Marschall drückte ein paar Knöpfe und deutete auf ein Radarzeichen auf dem Bildschirm. »Sie kommen ein bißchen vom Ziel ab, wie mir scheint.«

»Wie weit?«

»Ungefähr zweihundert Meilen.«

Kelloway rieb sich das Kinn. »Zweihundert?«

»Das heißt, die Rettungsschiffe brauchen ungefähr anderthalb Stunden länger, bis sie sie erreichen.«

»Das ist ein unerwartetes Problem«, sagte Kelloway. »Aber nicht furchtbar ernst, meine ich. Sie halten mich auf dem laufenden, okay?«

»Jawohl, Sir.«

Kay Brubaker nahm ihre Kaffeetasse vom Tisch, setzte sie wieder ab.

Janet Willis stand auf, ging durch das Wohnzimmer der Brubakers und drehte den Ton des Fernsehapparates lauter.

Betty Walker nahm ihre Kaffeetasse vom Tisch, setzte sie wieder ab.

»Capricorn, wir sind 10 Sekunden vor dem Wiedereintritt.«

»Roger, Houston.«

»8, 7, 6, 5, 4...«

»Das ist das Schlimmste«, sagte Betty ruhig. »Der schlimmste Teil von allem, was wir bis jetzt hinter uns haben.«

»...3, 2, 1. Wiedereintritt.«

»Roger, Houston.«

Auf dem Bildschirm erschien der Kontrollraum. Und sie hörten ein seltsames summendes Geräusch. Kein beruhigendes Geräusch, ein warnendes.

»Mein Gott«, sagte Kay, »Was ist das?«

»Capricorn Eins, hier ist Houston. Capricorn Eins, hier ist Houston.«

Keine Antwort. Das Summen hielt an.

»Capricorn Eins, wir haben Rot auf dem Hitzeschildanzeiger. Hört ihr uns?«

»Mein Gott, mein Gott«, wiederholte Kay immer wieder und preßte ihre Hand zwischen die Brüste.

»Capricorn Eins, hier ist Houston. Wir haben Rot auf dem Hitzeschild. Könnt ihr irgend etwas Ungewöhnliches feststellen. Bitte kommen.«

Ein neunjähriger Junge kam in das Zimmer gestürzt. »Ich war bei Kennie, und ich komme zu spät, Mammie. Habe ich etwas versäumt...«

»Charlie?« Kay sprang auf und lief zu dem Jungen. »Du solltest... du solltest lieber draußen warten.«

»Capricorn Eins, hier ist Houston. Versteht ihr uns? Wir haben immer noch Rot auf dem Hitzeschild. Ist etwas nicht in Ordnung? Bitte kommen.«

»Warum, Mammie. Was ist...«

»Warte draußen. Mach, daß du rauskommst!« Sie legte den Arm um ihn und zerrte ihn durchs Zimmer zur Tür.

»Capricorn Eins, hier ist Houston. Capricorn Eins, hier ist Houston. Hört ihr uns...«

19

»Das ist keine Insel«, stellte Walker fest.

»Wie du so richtig sagst«, meinte Willis, als der Jet wieder auf dem Landestrip in der Wüste landete, »sieht das hier haarscharf so aus wie der Platz, von dem aus wir starteten.«

Ein junger Mann kam aus dem Cockpit in die Kabine. »Wir mußten eine Änderung vornehmen.«

»Wie das?« fragte Willis.

»Sie müssen hier etwas länger warten als der Zeitplan es vorsah.«

»Irgend etwas ist schiefgelaufen«, sagte Brubaker«, stimmt's – oder?«

Der junge Mann öffnete die Tür. »Wenn Sie bitte in den Hangar zurückgehen würden«, sagte er. »Sie werden sofort alles erfahren, jede Änderung im Gesamtplan.«

»Eins ist sicher«, sagte Walker, »wir werden nie ein Stück von dem großen roten Kuchen bekommen.«

Caulfield kam den abschüssigen teppichbelegten Gang zu den Tribünen des NASA-Auditoriums heruntergetrampelt. »Ist der Platz belegt?«

»Ja«, erwiderte Judy Drinkwater. »Ich halte ihn für einen japanischen Ringer aus meinem Bekanntenkreis frei.«

»Du solltest nicht so ironisch sein, Judith«, warnte Caulfield, als er sich bequem neben der Blonden niederließ, »das ist eine ziemlich unheimliche Situation.«

Blitzlichter flammten auf, Kameras surrten. Dr. Kelloway, begleitet von anderen NASA-Leuten, hatte die Bühne betreten. Er setzte sich in die Mitte hinter dem Tisch, der auf der Bühne stand. Als die anderen auch saßen, nahm Kelloway das Mikrofon. Sein Räuspern dröhnte durch den Raum.

»Ja, meine Damen und Herren«, sagte er mit angestrengter Stimme. »Hm ... ich muß eine kurze Erklärung abgeben. Danach werde ich Ihre Fragen beantworten.«

Er zog ein zusammengefaltetes Stück weißes Papier aus der Jackentasche. Er glättete es sorgfältig auf der Tischplatte.

»Um T-plus 259 Tage 15 Stunden 11 Minuten während des Flugs von Capricorn Eins – das war 2 Minuten 18 Sekunden nach dem Wiedereintritt in die Erdatmosphäre, zeigte das Kontrollicht in der Missionskontrolle Rot«, las er vor. »Wir versuchten in Funkkontakt mit der Kapsel zu kommen, hatten jedoch keinen Erfolg. 14 Sekunden später, 2 Minuten 32 Sekunden nach dem Wiedereintritt, verlor der Suchmonitor das Signal der Kapsel. Seitdem konnte kein Kontakt hergestellt werden.«

Kelloway machte eine kleine Pause, fuhr sich mit der Hand über die Stirn. »Alle übrigen Daten der anderen Monitore bestätigten den Verlust der Kapsel. Offenbar hat sich der Hitzeschild gelöst. Wie Ihnen bekannt ist: Der Hitzeschild ist der einzige Schutz der Kapsel gegen die Hitze, die entsteht, wenn sie in die Erdatmosphäre eintaucht. Die zurückkehrende Kapsel verschwand innerhalb von zwölf Sekunden nach dem Verlust des Hitzeschildes.« Er drehte langsam die Seite um. »Wir kennen den Grund nicht, der den Hitzeschild versagen ließ. Bisher ist dergleichen noch nie vorgekommen. Ich ... ich kann Ihnen nicht schildern, wie uns zumute ist. Wir wissen nicht, wie das passieren konnte. Das ist das Ende meiner Erklärung.«

Judy stand bereits. »Hätten Sie diese Art einer möglichen Panne nicht voraussehen können?«

»Wir haben versucht, alles vorauszuberechnen und vorauszusehen, Judy«, antwortete Kelloway. »Aber trotz allem – eine Panne wie diese kann immer eintreten. Wir können daraus nur – lernen.«

Ein anderer Reporter rief durch den Raum: »Wann wurde der Hitzeschild zum letztenmal gecheckt?«

»Während der gesamten Phase des Rückflugs fanden ständig Checks statt. Jeder ergab, daß der Schild an seinem Platz und in Ordnung war«, antwortete Kelloway. »Die Checks wurden von der Crew und der Missionskontrolle durchgeführt.«

»Wie hat das Weiße Haus auf dieses Ereignis reagiert?«

»Ich habe mit dem Präsidenten nicht gesprochen. Aber ich werde es so bald wie möglich tun. Ich würde sagen, der Präsident hat uns ständig ermutigt, dieses Projekt durchzuführen. Es bedeutete ihm genausoviel wie uns allen.«

»Sind Sie der Meinung, daß dies das Ende der bemannten Weltraumfahrt ist?«

»Das kann ich nicht sagen. 1967 gab es an Bord einer Apollo-Kapsel ein Feuer, Grissom, White und Chafee starben. Wir alle waren zutiefst erschüttert, gaben aber nicht einfach auf. Wir machten weiter, wie man es von uns erwartet hatte«, sagte Kelloway. »Zwei Jahre später betrat Neil Armstrong den Mond.«

»Aber Sie können uns nicht versichern, daß das Programm fortgesetzt wird?«

»Heute haben drei bewundernswürdige Männer ihr Leben geopfert«, sagte Kelloway. »Sie gaben ihr Leben für etwas, das ihnen mehr bedeutete als ihr eigenes Dasein. Ich frage Sie, die hier anwesend sind – und alle anderen Menschen in diesem Land. Sie sind diejenigen, die die Antwort geben. Wie können wir diesen Männern am besten dienen? Indem wir ihren Traum aufgeben? Indem wir sagen, das, was sie taten, war nichts wert? Sie werden mir die Antwort geben.«

Brubaker sprach es als erster aus: »Wir sind tot.«

Sie waren wieder in demselben fensterlosen Raum, in dem sie Monate zugebracht hatten. In ihren weißen Raumfahreranzügen standen sie herum, wartend und ratlos.

»Was?« fragte Walker.

»Wir sind tot!« schrie Brubaker.

»So was Dummes, und ich war ein so fabelhafter Bursche«, sagte Willis.

»Überlegt mal«, sagte Brubaker, »irgendwas ist auf dem Rückflug passiert. Sonst würden wir im Augenblick unserem Landepunkt zuflattern.«

»Vermutlich hast du recht«, meinte Willis. »Es gibt – wie immer – verschiedene Möglichkeiten: Entweder die Landekapsel ist abgesoffen, oder das Ding ist ein paar hundert Meilen vom Ziel entfernt runtergekommen – oder es ist überhaupt nicht runtergekommen.«

»Ja, aber selbst, wenn es in Sibirien gelandet wäre«, sagte Walker, »hätte man uns das inzwischen mitgeteilt. Sie hätten uns erklärt, daß wir hinter dem Eisernen Vorhang sind oder so was.«

»Mir scheint«, sagte Brubaker, »daß das verdammte Ding überhaupt nicht gelandet ist. Entweder der Hitzeschild ging verloren, oder die Rettungsfallschirme haben sich nie geöffnet.«

»Dann sind wir also tot«, resümierte Willis.

»Ich wette, in diesem Augenblick hält Kelloway eine herzzerreißende Rede und gedenkt unser, wie tapfer und wunderbar wir Jungens waren.«

»Die Vorstellung, wie jemand meinen Nachruf schreibt, während ich noch auf der Erde quicklebendig herumlatsche«, meinte Willis, »macht mich nicht sonderlich froh.«

»Denkt mal darüber nach«, sagte Brubaker. »Falls irgend jemand uns jetzt zu Gesicht bekäme, fliegt das ganze Spiel auf, stürzt zusammen wie ein Kartenhaus. So einfach ist das. Und das können *die* sich nicht leisten.«

»Kelloway könnte möglicherweise ja wieder zur Vernunft kommen«, überlegte Walker, aber es klang nicht sehr überzeugt. »Immer nur lächeln und zur Musik tanzen.«

»Scheiße«, höhnte Brubaker. »Kannst du dir wirklich vorstellen, wie dieser Irre uns zurück nach Houston bringt und in einer Pressekonferenz ankündigt, alles war nur ein kleiner, gutgemeinter Spaß?«

»Sieht nicht so aus«, stimmte Willis mit besorgter Miene zu.

»Also – was für einen Ausweg gibt es für sie? Sie müssen alles tun, damit kein Mensch uns jemals lebend wiedersieht.«

Walker schlug sich gegen die Stirn. »Genug, Bru, halt die Schnauze! Ich hab' schon mal von solchen Situationen gehört. Na ja, nicht genau solchen, aber wenn das FBI oder die CIA oder sonst wer einen Zeugen oder Spion verstecken wollten, der nie mehr nach Hause kommen durfte. Sie machen ihm ein neues Gesicht und geben ihm einen neuen Paß. Das könnten sie doch auch mit uns tun, nicht wahr?«

»Und das Risiko eingehen, daß eines schönen Tages, vielleicht sogar im Schlaf, einer von uns irgend etwas ausplaudert? Mann!«

»Außerdem«, sagte Willis nachdenklich, »kann ich mir nicht denken, daß die Leute, mit denen wir es zu tun haben, auch so etwas mit unseren Frauen und Kindern vorhaben. Ich meine nur, es würde doch höchst merkwürdig aussehen, wenn unsere Familien plötzlich verschwänden.« Er kratzte sich am Kopf. »Natürlich wäre es nicht schlecht, den Rest des Lebens mit dem Gesicht von Robert Redford zu verbringen.«

»Denkt doch daran«, sagte Brubaker unwirsch zu Walker, »daß diese Leute dieselben sind, die uns schon ganz zu Anfang damit drohten, unsere Familien – umzubringen. Junge, ich glaube nicht, daß das ein Bluff war.«

Walker nickte. »Wie recht du hast. Das glaube ich auch nicht.«

»Plastische Chirurgie, neue Pässe – das ist für *die* viel zuviel Mühe. Wenn irgendein Arzt das Maul nicht hält, sind sie erledigt. Oder wir und der Doktor haben ein paar Kugeln im Bauch.«

Walker rieb sich die Hände. »Glaubst du, daß der Jet immer noch da draußen herumsteht?«

»Fünf zu eins: ja.«

»Dann«, schlug Walker vor und schlich zur Tür, »werde ich versuchen, uns einen kleinen Ausflug zu verschaffen.« Er legte die Hand auf die Türklinke.

Die Tür war verschlossen.

»Einen weiteren Beweis brauchen wir wohl nicht«, sagte Brubaker. »Die verschlossene Tür genügt.«

»Nur nicht aufgeben«, meinte Willis. »Wir werden doch mit der dämlichen Tür fertig werden.«

Sie wurden es.

Ein junger Mann, natürlich mit Bürstenhaarschnitt, begegnete ihnen im Vorraum. »Ich muß Sie bitten, mir ...«

»Nichts da.« Walker trat gelassen auf ihn zu und deckte ihn mit seinen Fäusten ein. »Sehr zufriedenstellend.«

»Junge, du bist kein schlechter Boxer«, lachte Willis, während er mit den anderen den Flur entlanglief.

»Sagt dem Mars auf Wiedersehen«, Walker war der erste, der über die nachgebaute Marsoberfläche rannte.

Brubaker schob die Tür des Hangars auf. »Junge, seht mal den Flieger. Eine Wache steht davor.«

»Den vergessen wir«, schlug Willis vor. »Wir gehen einfach ganz lässig rüber. Ihr wißt schon, als sei alles okay.«

»Vielleicht geht es in Ordnung.« Brubaker ging voran, die anderen beiden folgten.

Ein junger Mann im blauen Anzug stand an der Gangway, die zum offenen Cockpit des Falcon-Jet führte. Er sah sie an, seine Augen verengten sich.

»Man sagte uns, wir sollten an Bord gehen«, erklärte Brubaker und lächelte den Burschen strahlend an.

Dieser erwiderte das Lächeln. »Sind Sie sicher? Ich bin nicht ...«

»Wenn er nicht sicher wäre«, sagte Walker, »wären wir nicht hier. Weil wir nie etwas tun, was man uns nicht befohlen hat.«

»So ist es«, sagte Brubaker und drosch die geballte Faust in den Magen des jungen Mannes. Dann noch mit beiden Fäusten in den Nacken, als er zusammenbrach. Schnell zerrten Willis und Walker den Bewußtlosen zum Hangar.

»Alle Mann an Bord«, sagte Brubaker und lief die Gangway hinauf.

Die drei waren im Cockpit, angeschnallt; Brubaker, auf dem Pilotensitz, ließ die Düsen aufheulen, und das Flugzeug kurvte über die Piste. Der Hangar blieb hinter ihnen.

»Lebt wohl«, sagte Willis und nickte dem Hangar zu.

Drei Männer kamen herausgelaufen und winkten aufgeregt.

Brubaker hielt den Jet an der Warteposition der Piste an, ließ die Motoren auf volle Touren kommen.

Zwei der Männer liefen zum Hangar zurück, der dritte stand auf der Piste und gestikulierte mit den Armen wie ein Verrückter.

»Sie haben uns wirklich sehr gern«, sagte Walker. »Sie können sich gar nicht von uns trennen.«

»So ist es auf Partys immer«, meinte Willis grimmig. »Und ich bin sonst nie gern der erste, der geht.«

Brubaker ließ den Jet die Piste entlangrasen. »Sie werden nicht so einfach aufgeben. Also: Haltet die Augen offen.«

»Ein Wagen«, sagte Willis.

Ein schweres schwarzes Auto schoß aus dem Hangar und verfolgte sie quer über den Platz auf die Piste zu, gefolgt von einem zweiten. »Offenbar wollen die Fangen mit uns spielen«, spottete Walker.

Der eine Wagen schleuderte vor ihnen, wendete plötzlich und stand quer auf der Piste. Der zweite kam ebenfalls zum Stillstand. Männer sprangen heraus.

Brubaker riß den Steuerknüppel heran. »Hunde«, knurrte er.

»Wenn wir ihr teures Auto kaputtmachen«, prophezeite Willis, »müssen wir bestimmt dafür bezahlen.« Er schluckte.

»Auf geht's«, sagte Brubaker.

Der Jet hob ab und schoß wenige Zentimeter über den Wagen hinweg. Die Männer in den dunklen Anzügen warfen sich zu Boden. Sie hatten Schußwaffen in den Händen.

»Nicht schlecht, Kleiner«, sagte Walker anerkennend zu Brubaker.

Willis stieß einen abgrundtiefen Seufzer aus. »Erste Hürde genommen«, verkündete er. »Habt ihr eine Ahnung, wohin wir wollen?«

»Nein«, antwortete Brubaker.

»In welche Richtung?«

»Westen«, antwortete Brubaker. »Sobald wir die Küste erreichen, drehen wir nach Norden ab, bis wir zu einer Stadt kommen. Wir müssen nur irgendwo landen, wo Menschen sind. Menschen, Zeitungen, Fernsehsender. Wir müssen *gesehen* werden. Dann ist alles vorbei.«

»Na – ob es wirklich vorbei ist?« fragte Willis zweifelnd.

Ein leiser surrender Laut.

»Jesus«, sagte Brubaker und deutete auf das rote Lämpchen, »der Sprit. Wir haben keinen Treibstoff mehr.«

»Ich hab' dir doch immer gesagt«, rügte Willis, »wenn wir einen Ausflug mit der Familie machen, mußt du zuerst nachsehen, ob wir genug Benzin haben.«

»Was ist mit dem Reservetank?« fragte Walker.

»Wir sind schon auf Reserve.«

»Großartig«, meinte Walker.

»Ich werden kreisen«, sagte Brubaker, »und irgendwo, wo es flach ist, notlanden.«

Willis starrte angestrengt aus dem Fenster. »Unter uns ist eine ganze Menge Nichts, Bru.« Überall war wirklich nichts als gelber Sand und niedrige rötliche Hügel.

»Dort! Dort drüben«, sagte Walker, »auf der anderen Seite von den Hügeln. Da können wir vielleicht landen.«

»Ja, mehr als 4000 Fuß Höhe haben wir nicht mehr. Aber das sollte genügen.« Brubaker fuhr die Landeklappen und das Fahrwerk aus, zog die Nase der Maschine hoch und schwebte dann über die Wüste ein. »Alles anschnallen. Das wird keine butterweiche Landung.«

»Weißt du eigentlich, wie du dieses Ding herunterbringst?« fragte Willis neugierig, als er den Sicherheitsgurt anlegte.

»Landen, meinst du? Nein. Ich habe nur gelernt, wie man es fliegt. Trotzdem, vertraut euch mir an.«

Ganz plötzlich setzten sie auf, die Räder gruben sich in den Sand, gelbe Wolken stoben auf. Das Flugzeug hüpfte, schlingerte, rumpelte und kam, mit der Nase unten, zum Halten.

Nach einem Moment der Stille sagte Willis: »Das hat echt Spaß gemacht, Papi. Dürfen wir uns noch 'ne Karte kaufen und noch mal fahren?«

Walker klinkte den Gurt aus. »Der Maschine hat es wohl nicht so gut getan. Eine Tragfläche hat's erwischt.«

Brubaker stieg aus seinem Sitz und öffnete die Tür des Cockpits. »Endstation. Alles aussteigen.«

Die drei kletterten aus der Maschine, sprangen hinunter in den hellen heißen Sand. Alles um sie herum glühte, die Bergkette zu ihrer Linken und die flache knochentrockene Wüste, die sich in die anderen drei Richtungen erstreckte. Da und dort ein verdorrter Busch, sonst nichts. Kein Lebenszeichen, kein Wasser.

»Na ja, wir sind zwar nicht ganz auf dem Mars«, sagte Willis, »aber das hier sieht auch nicht viel anders aus.«

Brubaker legte die Hand über die Augen und blickte zum Himmel auf. »Mir scheint, wir haben zwanzig Minuten Vorsprung. Und es ist ganz einfach, uns hier zu finden«, sagte er. »Wir haben wieder mal die berühmten zwei Möglichkeiten, wie ich die Sache sehe. Entweder wir bleiben beisammen, oder wir trennen uns, und jeder läuft in eine andere Richtung.«

Walker stieß mit dem Absatz in den Sand. »Vielleicht ist es für uns besser, wenn wir uns trennen.«

»Theoretisch«, sagte Brubaker.

»Wenn jeder von uns in eine andere Richtung geht«, beharrte Walker, »verdreifachen wir die Chance, durchzukommen. Einer von uns wenigstens.«

»Darum geht es«, sagte Brubaker. »Aber ein Solo verdreifacht die Gefahr für jeden. Als Team können wir mit Notfällen eher fertig werden.«

Willis schüttelte den Kopf. »Ja, aber diesen Luxus können wir uns leider nicht leisten, Bru. Das wichtigste ist, daß wenigstens einer von uns irgendwo die Zivilisation erreicht, Alarm schlagen kann, und diesen Drecksbetrug aufdeckt.«

»Okay«, stimmte Brubaker zu. »Wir trennen uns.«

»In der Maschine ist doch bestimmt so was wie eine Überlebensausrüstung.« Willis stapfte zu dem ramponierten Flugzeug zurück und kam kurz darauf mit einer großen Metallschachtel wieder. »Hab's schon.« Er setzte sie ab und hockte sich davor hin, um sie zu öffnen. Die Kiste enthielt drei Büchsen mit Wasser, einen Feuerstein, eine 38er Pistole mit zwölf Streifen Munition. Außerdem entdeckten sie vier Leuchtraketen, ein Transistor-Funkgerät, Blitzlicht, Zündhölzer. Und einen Spiegel.

»Okay, hier ist Wasser für jeden von uns.« Brubaker teilte die Büchsen aus.

»Keine Cola?« fragte Willis und schob die Büchse in seinen Raumfahreranzug.

»Für jeden eine Rakete.« Er gab sie aus und behielt die vierte für sich. »Jack, du bekommst den Feuerstein, Pete und ich teilen uns die Zündhölzer.«

»Ich brauche keine Zündhölzer«, sagte Willis und nahm sie. »Ich war mal Pfadfinder.«

»Was ist mit der Pistole?« fragte Walker.

»Willst du sie?« fragte Brubaker.

»Nein, Kanonen machen mich nervös.«

»Ich würde mir nur in den Fuß schießen«, versicherte Willis.

»Dann nehme ich sie«, beschloß Brubaker.

Als er die Pistole und die Munition verstaut hatte, nahm er den Spiegel und brach ihn in zwei Hälften. »Eine für mich, die andere für dich, Jack.«

»Und ich kriege keinen?« fragte Willis. »Ich möchte nicht, daß meine Make-up in dieser scheußlichen Einöde ruiniert wird.«

Brubaker lehnte sich sekundenlang an die Nase des Jet. »Und denkt dran, falls man einen von euch erwischt, versucht wenigstens, ein Leuchtfeuer abzuschießen. Dann wissen wir anderen Bescheid. Ich gehe nach Westen. Jack, du nach Süden, und Pete nach Norden. Wir kommen von Osten und wissen, das ist auf jeden Fall die falsche Richtung.«

»So was hab' ich mal mit John Wayne in einem Film gesehen«, meinte Walker.

»Stimmt, aber er hatte Sophia Loren bei sich«, seufzte Willis.

Brubaker richtete sich auf. »Wir haben nicht viel Zeit. Also verzichten wir auf Abschiedsküsse. Auf geht's.« Er machte ein paar Schritte, blieb stehen. »Ich bin überzeugt, wir alle werden es schaffen, aber falls es einem nicht gelingen sollte ...«

»Hab' ich euch mal die Geschichte von dem Mann erzählt, der einem Elefanten seinen Visitenkarte gab und ...«

»Erzähl den Rest, wenn wir zu Hause sind«, unterbrach Walker Willis.

Jeder zögerte noch ein paar Sekunden, dann gingen sie, ohne sich umzuwenden, jeder in seine Richtung.

Caulfield rannte über den Rasen, vorbei an zwei Arbeitern, die die letzten Reste, welche die Presseleute am Morgen hinterlassen hatten, wegräumten. Er lief die Stufen zum Haus von Brubaker hinauf und klingelte.

Ein Polizist in Uniform öffnete die Tür und blickte ihn gelangweilt an. »Ja?«

»Ich möchte Mrs. Brubaker sprechen. Mein Name ist Caulfield.«

»Tut mir leid, sie hat keine Zeit.«

»Ich habe heute morgen angerufen«, teilte Caulfield dem Polizisten mit. »Ich glaube, sie erwartet mich.«

»Wie war doch noch Ihr Name?«

»Caulfield.«

»Okay, 'ne Sekunde.« Der Polizist ging ins Haus.

Caulfield wartete vor der Tür, die Hände in den Hosentaschen. Er pfiff vor sich hin, probierte ein paar Stepschritte, hielt inne, beugte die Schultern vorn über.

Der Polizist kam zurück. »Sie möchte Sie sprechen«, sagte er, »Kommen Sie rein.«

Das Haus war still, schattig, halbdunkel.

»Sie ist draußen auf der Terrasse«, erklärte der Polizist und deutete mit dem Zeigefinger. »Da draußen.«

»Vielen Dank.« Er fand Kay Brubaker auf einer sehr bunten Liege auf der rotgefliesten Terrasse. Irgend etwas mit weißen Flügeln schützte sie vor den Strahlen der Sonne. »Mrs. Brubaker?«

»Setzen Sie sich bitte, Mr. Caulfield«, sagte Kay mit leiser Stimme und deutete auf einen Stuhl.

Er ließ sich vorsichtig in dem gußeisernen Gartenstuhl nieder, klopfte mit den Fingerspitzen auf die Knie, sog die Wangen zwischen die Zähne, kratzte sich am Kopf. »Erst mal«, begann er nervös, »muß ich Ihnen wohl nicht sagen, wie leid es mit tut... und es tut mir außerdem noch leid, daß ich ausgerechnet jetzt hier reingestürzt komme.«

»Machen Sie bitte kein Theater«, sagte Kay. »Okay, Sie

kommen hereingestürzt, aber genau das wünsche ich mir jetzt. Irgend etwas, was mich ablenkt. Außerdem sagten Sie, Sie wollen mit mir über etwas sehr Wichtiges reden.«

»Vielleicht ist es für Sie nicht so sehr wichtig«, gab er zu. »Ich bin mir nicht so sicher. Für mich ist es wichtig, sozusagen – für mich persönlich.«

»Ich habe Sie ab und zu in den Nachrichten gesehen«, sagte sie. »Sie wollen also eine Reportage?«

»Na ja, so können Sie es auch nennen. Aber wie ich Ihnen schon am Telefon sagte: Ich brauche kein Interview.« Caulfield rückte auf seinem Sessel hin und her, trommelte sich wieder auf die Knie. »Ich will nur wissen, worüber Sie zum letztenmal mit Ihrem Mann sprachen, Sie wissen schon, nachdem sie auf dem Mars gelandet waren.«

»Ja?«

»Das mag sich jetzt etwas blödsinnig anhören«, sagte er und räusperte sich. Dann lehnte er sich zu ihr vor: »Madam, ich war zu der Zeit im Kontrollzentrum. Ich habe Sie beobachtet, als Sie mit Ihrem Mann sprachen. Und genau bevor dieses Gespräch zu Ende ging, erwähnte Colonel Brubaker irgendwas von ›Ferien‹ oder so. Ich habe vorhin das Band abgehört. Es stimmt. Sie machten einen – wie soll ich sagen? – einen … äh … etwas verwirrten Eindruck.«

Kay nickte. »Sie haben recht«, erwiderte sie. »Aber was – genau – möchten Sie wissen?«

»Wie ich schon auszudrücken versuchte: Wie ist Ihre persönliche Einstellung?«

»Sehr persönlich.«

»Bitte, hören Sie mir zu. Ich möchte Sie nicht in Verlegenheit bringen oder so was.«

Sie sah ihm direkt in die Augen.

»Mir fällt eben ein«, sagte sie wie nebenbei, »als ich Sie, Mr. Caulfield, in den Nachrichten sah, schienen Sie mir anders als die anderen Reporter, irgendwie unbeteiligter, und doch ehrlicher als viele.«

»Ich hab' kein hübsches Gesicht, das stimmt. Und ich will keine Story aus Ihnen rausholen oder Sie belästigen, Madam.«

»Es ist gar nichts Besonderes, nichts Dramatisches oder Geheimnisvolles«, sagte Kay langsam, ihre Augen waren fast geschlossen. »Bru muß irgend etwas vergessen oder übersehen haben, er hat vielleicht einen kleinen Fehler gemacht. Ich bin sicher, das war alles. Er hatte so viel im Kopf, und man kann verstehen, daß er in solch einer Situation durcheinander war.«

»Durcheinander?« Caulfield lehnte sich noch weiter nach vorn. »Was war – bitte, was war denn seltsam an dem, was er sagte?«

»Wonach suchen Sie?« fragte sie.

»Es hat mit einem Freund von mir zu tun«, sagte er zögernd. »Kann auch sein, daß das hier überhaupt nichts damit zu tun hat ... Haben Sie als Kind je Puzzles gespielt, diese Dinger aus kleinen, unregelmäßig geformten Plättchen in verschiedenen Farben, die man zu einem Bild zusammensetzt?

»Charlies Lieblingsspiel – vor einem Jahr«, sagte Kay. »Meinen Sie damit, daß das Problem Ihres Freundes und irgendein Fehler, den Bru gemacht haben mag, irgendwie zusammengehören? Etwas miteinander zu tun haben?«

»Ich habe erst ein paar leere Stellen ausgefüllt, Madam, noch nicht genug, um zu sagen, was daraus wird«, antwortete er. »Glauben Sie mir, wenn ich das Bild habe – und vor allem, wenn das Bild meiner Vorstellung entspricht, dann erzähle ich Ihnen alles.«

Kay sagte: »Bru machte einen Fehler, als er sagte, daß wir wieder Ferien in Yosemite machen – wie im vorigen Jahr. Voriges Jahr waren wir gar nicht in Yosemite, sondern in Flat Rock, in Arizona.« Sie zuckte die Achseln. »Das ist alles. Es scheint nicht gerade von kosmischer Bedeutung zu sein, nicht wahr?«

Caulfield fuhr sich mit den Fingern übers Gesicht. »Kann sein, kann sein.« Er stand auf. »Es ist sehr hübsch hier.«

»Ja, das war es früher mal.« Sie erhob sich ebenfalls und ging mit ihm zu Tür.

»Jedenfalls bin ich Ihnen dankbar, daß Sie meinen ... komischen Fragen überhaupt zugehört haben.«

»Konnte ich Ihnen denn helfen?«

»Ich glaube, ja; aber fragen Sie mich bitte nicht weiter. Noch nicht.« Er nahm ihre Hand und schüttelte sie. »Ich möchte Sie wieder anrufen, wenn ich etwas weitergekommen bin. Darf ich?«

»Ja, natürlich.«

»Danke vielmals.« Er versuchte ein Lächeln; aber es mißlang. Dann wandte er sich zum Gehen.

23

Das Geräusch wurde lauter und lauter.

Brubaker rührte sich nicht. »Verdammtes Vogel-Strauß-Spiel«, murmelte er.

Die beiden Hubschrauber mußten direkt über ihm sein, so laut war das Röhren. Sie hingen da, ein paar hundert Fuß über ihm.

Er lag in eine Erdspalte gedrückt, zugedeckt mit Sand, und wagte kaum zu atmen.

»Ob sie mich sehen?«

Sie blieben über ihm im gleißenden Himmel stehen. Beobachtend, lauernd.

»Möchte wissen, was Kelloway ihnen befohlen hat. Mich zu erschießen, sowie sie mich entdecken. Oder lebendig mitzubringen?«

Aber vielleicht durfte Kelloway gar keine Entscheidungen mehr treffen. In diesen Höllenzirkus waren noch andere Verrückte verstrickt. Es war nicht auszudenken, wozu sie fähig sein mochten.

Waren die Hubschrauber weitergeflogen? Das Geräusch schien leiser zu werden.

Brubaker blieb flach ausgestreckt liegen und lauschte. »Kann ein Trick sein. Tun nur so, als flögen sie ab, und wenn ich mich rühre, sind sie wieder da.«

Aber das Brummen entfernte sich.

Die Minuten schienen endlos. Dann herrschte Stille.

Brubaker wartete immer noch. Erst nach weiteren fünf langen, heißen Minuten setzte er sich auf, Sand rieselte an ihm herab. Weit, weit am Horizont sah er zwei Punkte: die Hubschrauber.

»Sie haben mich nicht gesehen.« Er stand da, klopfte sich mit beiden Händen den gelben Staub vom Anzug, ließ seine trokkene Zunge über die aufgesprungenen Lippen gleiten. Sand hatte sich auch zwischen den Bartstoppeln im Gesicht festgesetzt, und er rieb ihn mit zerschundenen Händen heraus.

»Ich habe also noch Zeit«, sagte er, als er weiter nach Westen ging. »Wieviel? Wieviel wohl?«

»Dies ist nicht gerade der Gartenvorort des Universums«, sagte Caulfield zu sich selbst.

Er parkte seinen Leihwagen an einer Art Bordstein in dem winzigen Dünental, in das er eingebogen war. Flat Rock, Arizona, bestand aus zwei Häuserblocks und sah eher aus wie eine Kulisse zu einem zweitklassigen Western-Film. Die Holzhäuser lehnten sich aneinander wie sehr alte, müde Männer, die Straßen bestanden aus Lehmboden, waren mit zerbrochenen Holzplanken bedeckt.

Das Hemd klebte ihm am Körper, als er ausstieg, Staub quoll in Wolken unter seinen Schritten herauf. Er wischte sich über die schweißnasse Stirn und sah sich um. An einem schiefen Pfahl auf der rechten Seite der schäbigen Straße hing ein verwittertes Schild. *Welcome to Flat Rock, Arizona!* Er las die Worte laut vor sich hin. *Authentic Frontier Town.* Aha, Grenzstadt auch noch, dachte er höhnisch. »Flat Rock wurde zum erstenmal 1858 gegründet und 1889 verlassen. Das Innenministerium sorgt für seine Instandhaltung.« Caulfield mußte trotz der Trostlosigkeit lachen. »Das Innenministerium leistet fabelhafte Arbeit«, murmelte er.

Offensichtlich war Flat Rock bereits zweimal gestorben. An der Tür des uralten Lebensmittelladens auf der anderen Seite der Straße hingen zwar noch die Schilder von American Express und BankAmericar. Aber die Tür war vernagelt, und nur eine Eidechse sonnte sich auf dem Holz. Sonst schien es in Flat Rock kein Leben zu geben.

Caulfield ging zu dem verlassenen Laden hinüber. Er wischte sich mit dem Taschentuch über die nasse Brust. »Werde ich zu alt für diesen Job?« Er lehnte sich an das ehemalige Schaufenster und betrachtete trübsinnig die staubige Straße.

Whumm! Fensterglas zersplitterte, Glasstückchen flogen um ihn herum. Er duckte sich und warf sich dann auf den Bauch.

Wieder ein Klirren, Splittern von Holz, spitze und scharfe Glassplitter über ihm in der heißen, sengenden Luft.

Caulfield robbte auf dem Bauch ein Stück die Straße entlang bis zu einem kleinen Seitenweg im Schatten zwischen dem alten Laden und dem Rest eines Stallgebäudes. Die dritte Kugel traf genau die Stelle, wo er vor ein paar Sekunden noch gestanden hatte.

Schwer atmend und schweißtriefend kauerte Caulfield sich in den Schatten und wartete. Er betrachtete die Erde um sich. Nichts, was er als Waffe benutzen könnte. Nicht mal ein großer Stein. »Boxen und Ringen sind nicht meine starke Seite«, knurrte er. »Vor allem nicht gegen eine feige Drecksau mit einer Kanone.«

Nichts geschah.

Plötzlich hörte er einen Motor aufheulen, irgendwo am anderen Ende dieser toten Stadt. Ein Wagen fuhr davon.

Langsam und vorsichtig kroch Caulfield aus dem Schatten in die heiße, gelbe Straße.

Ein Wagen, so eine Art grüner Kombi, raste, so schnell sein Motor es zuließ, aus der Stadt und hinterließ dicke Spiralen von Staubwolken.

»Ich muß mich um Gefahrenzulage kümmern, falls ich je zurückkomme«, brummelte er und ging mit etwas wackeligen Knien eilig zu seinem eigenen Wagen zurück.

Kelloway klammerte seine Hand um das Autotelefon. »Drei Männer zu Fuß«, sprach er in die Muschel. »Wie weit können sie gekommen sein? Sie müssen auf jeden Fall nach ihnen suchen, bis Sie sie gefunden haben.« Er legte auf, stieg aus dem Wagen und sah den Jungen, der ihm vom Rasen aus gespannt entgegensah.

»Heh, Onkel Jim«, rief Charlie Brubaker.

»Heh, Charles.« Er zwang sich zu einem Lächeln. »Ist deine Mammie zu Hause?«

»Draußen, hinten auf der Terrasse.« Der Junge lief auf ihn zu, gab ihm die Hand. »Komm, ich führ' dich zu ihr.«

Kay saß gedankenverloren in einem Korbstuhl, neben ihr auf dem Gartentisch stand ein Glas mit geeistem Tee. »Hallo, Jim.«

»Du siehst gut aus«, sagte er und setzte sich neben sie.

»Nett von dir. Kann ich dir irgend etwas anbieten?«

»Nein, danke, nichts. »Er schüttelte den Kopf. »Alles soweit in Ordnung?«

Sie sah ihren Sohn an. »Geh spielen. Charlie.«

»Ach, ich möchte doch mit Onkel Jim reden.«

»Ich komme zu dir, und wir reden miteinander, bevor ich gehe«, versprach Kelloway.

»Okay«, sagte der Junge. Er wirkte niedergeschlagen, als er davonschlurfte.

»Hast du sonst noch was zu sagen?« fragte Kay, als der Junge außer Hörweite war.

»Tja, Kay«, fing Kelloway an. »Dienstag wird ein Gedenkgottesdienst abgehalten. Hier in Houston – auf dem Veteranen-Friedhof. Der Präsident wird anwesend sein und eine Rede halten.«

»Sehr hübsch. Werde ich eine zusammengelegte Flagge für meine Andenkensammlung geschenkt bekommen?«

Kelloway blickte in den Schatten, der über die Steine des Patio fiel. »Ich möchte, daß du dabei bist.«

»Und ich sehe keinen Sinn darin.«

»Ich weiß, wie schwer jetzt alles ist«, sagte Kelloway. »Mir scheint nur – es wäre gut für uns alle, wenn du mit mir zu dem Gedenkgottesdienst kämest.«

Kay zitterte plötzlich. »Eine schreckliche Art zu sterben. Nach der langen Reise. Schon fast zu Hause. Es muß ein schrecklicher Tod gewesen sein.«

»Nein, bestimmt nicht, Kay. Sowie der Hitzeschild sich gelöst hatte ... war es in nicht mal fünf Sekunden vorbei.«

»Oh? Und du hättest gern diese fünf Sekunden ertragen?«

»Okay, ich weiß, es klingt grausam. Aber,Kay, ich möchte dir doch nur ehrlich klarmachen, daß Bru nicht gelitten hat«, sagte Kelloway beschwörend. »Und er starb in dem Bewußtsein, daß es für etwas geschah, was er sich mehr als alles in der Welt gewünscht hatte, für etwas, das ihm wichtig genug war, um dafür sogar zu sterben.«

»Ich weiß, was er fühlte«, sagte Kay. »Ich glaube nur, daß ich nicht der Meinung bin, daß es so wichtig ist.«

»Das kann ich verstehen.« Er stand sehr langsam auf. »Es tut mir leid, daß ich dich gestört habe, Kay. Morgen möchte ich gern noch einmal mit dir sprechen.«

»Jim«, sagte sie. »Ich werde mitkommen.«

»Danke dir«, erwiderte er. »Du bist eine wunderbare Frau.«

«Bru war ein wunderbarer Mann.«

»Das war er.« Kelloway wandte ihr den Rücken zu und ging zur Tür.

Auf dem Rasen im Vorgarten saß Charlie und bohrte mit einem Zweig im Gras herum. »Onkel Jim«, sagte er.

Kelloway hockte sich neben ihn. »Ja, Charlie?«

»Kannst du mir von Papi erzählen?«

»Na, ja, Charlie, es ist ...«

»Ich meine, wie er zum Mars flog«, sagte der Junge. »Und davon, wie es da oben war.«

Kelloway legte dem Jungen einen Arm um die mageren Schultern. »Ja, natürlich kann ich dir davon erzählen.«

25

Rot.

Der Himmel, die gleißende Erde, die kantigen Steine.

Alles war rot, dunstig, gleißend rot.

Walker rieb sich die Augen. Er stolperte, fiel auf die Knie. Die heiße, aufgerissene, harte Erde schürfte seine Haut auf, die schon zerschunden und blutig war.

»Ich trockne aus«, murmelte er mit aufgesprungenen Lippen. »Ich trockne aus.«

Mit grindigen, schwarzen Händen versuchte er, in der Erde herumzuschaben, sich abzustützen. Endlich konnte er wieder aufstehen. Er atmete flach, aber es schien, als bekäme er keine Luft.

»Nach Zeichen suchen.« Seine Stimme war nur noch ein Quaken. »Nach Zeichen suchen, nach Zeichen ... für Wasser ...«

Er fiel wieder hin.

Er mußte wohl bewußtlos geworden sein, denn als er sich wieder hochstemmte, fühlte sich die Welt um ihn irgendwie anders an als vorher. Der Tag schien älter, das gleißende Licht milder geworden zu sein.

Walker blieb schwankend stehen; er preßte die Handflächen an die Oberschenkel. »Muß mich nach dem Handbuch richten«, sagte er zu sich selbst. »Nach Zeichen suchen ... Zeichen für Wasser ...«

Schwankend, stolpernd, fallend, wieder aufstehend setzte er seinen Weg fort.

Er ging weiter und weiter.

Er verlor den Halt, als er an ein trockenes Flußbett kam, fiel, rollte hinunter auf den Sand.

Tiefster Punkt eines ... ausgetrockneten Flußbetts«, zitierte er. »Tiefster Punkt ... außerhalb ... der Biegung ... nach ... Biegung ... suchen ... nach Flußbiegung ...«

Auf allen vieren kroch er weiter, es kümmerte ihn nicht, daß er sich noch mehr Wunden riß.

»Tiefster Punkt des ... Flusses ...«

Walker fand eine Stelle, dachte, das müsse der tiefste Punkt des Flusses gewesen sein. Mit zitternden Händen suchte er in seinem zerfetzten Raumanzug. »Wo...ist...wo ist das... verdammt...« Seine Finger hatten den halben Spiegel gefunden. Er zog ihn heraus.

Die Sonne fing sich im Glas, ließ ihn im hellen Licht glänzen, als Walker im rauhen Sand des Flußbettes zu graben begann.

»Muß Wasser...finden...wie im Hand...Handbuch steht...nicht aufgeben... nicht austrocknen...nein, das nicht...«

Sand. Nichts als Sand. Und wieder Sand.

Er hörte nicht auf zu graben. Bis die letzte Kraft ihn verließ.

Er sank in sich zusammen. »Nicht aufgeben...Liz, ich weiß...Wasser ist hier...es ist...kann nicht aufgeben, Liz...o Gott, nur ein bißchen...ein bißchen...Wasser...das ist alles, was...«

Er streckte sich aus, seine Hand hielt das Stück Spiegel umklammert. Die Sonne blinkte noch einmal auf, dann wurde er stumpf.

Hatte er geschlafen? Er war sich nicht sicher. Aber er fühlte sich ausgeruht. Ja, er konnte weitergraben. Das Wasser finden, und dann würde alles in Ordnung sein.

Irgend etwas ließ ihn aufblicken.

Da waren doch zwei Vögel über ihm, sie kreisten über seinem Kopf. Das war okay. Vögel kreisten immer da, wo es Wasser gab. Das stand im Handbuch des Überlebens.

»Oder es sind...« Wie hießen diese Vögel nur, die kamen und einen auffraßen, nachdem man gestorben war. »Sie heißen... Scheiße...ich weiß es doch...«

Er starrte hinauf in den Nachmittagshimmel, sah zu, wie die Vögel größer und größer wurden. Hörte auf ihr ständiges schnaufendes Surren.

»Geier«, erinnerte er sich.

Nur – das waren keine Geier. Das waren überhaupt keine Vögel.

»Hubschrauber«, sagte er und wußte: Das Spiel ist aus.

Gestern wäre er noch aufgesprungen und davongelaufen – sollten sie doch versuchen, ihn zu kriegen.

Aber das war gestern.

Heute blieb er, wo er war. Nur ein Gedanke war in seinem Kopf: Wasser, vielleicht hatten sie ein bißchen Wasser für ihn.

Kelloway saß wieder in seinem kühlen vollklimatisierten Büro. Er lehnte sich im Sessel zurück und betrachtete die gerahmten Fotos an der Wand. Sein Blick ruhte lange auf dem, das Brubaker und ihn Arm in Arm, Seite an Seite, lächelnd, zeigte.

»Die schöne alte Zeit«, murmelte er. Das Telefon klingelte. Er hob ab.

»Ja?«

»Einen haben sie gefunden«, sagte eine klirrende Stimme.

»Welchen? War es Bru...«

»Walker.«

»Er war allein?«

»Ganz allein. Offenbar haben sie sich getrennt.«

»In welcher Richtung – vom Jet aus – ist er gelaufen?«

»Norden.«

»Dann brauchen Sie also von jetzt an nur noch in südlicher und westlicher Richtung suchen. Benachrichtigen Sie die anderen Such-Helikopter und konzentrieren Sie sich auf Süden und Westen.«

»Ja, das haben wir bereits angeordnet.« Der Hörer wurde aufgelegt.

Auch Kelloway hängt ein. Er betrachtet wieder die Fotos an der Wand. »Ich hoffe, wir finden dich lebend, Bru«, sagte er leise.

»Hier bin ich wieder.«

»Hab ich bemerkt. Kommen Sie rein.«

Caulfield folgte Kay durch den Flur ins Haus.

»Möchten Sie etwas trinken?« fragte sie und blieb neben der kleinen eingebauten Bar im Wohnzimmer stehen.

»Nur zu gern.«

»Scotch.«

»Mit etwas Eis.«

Sie machte zwei Drinks zurecht und gab ihm ein Glas. »Sie haben das, was Sie suchten, nicht gefunden«, sagte sie. »Und jetzt sind Sie verlegen, weil Sie schon wieder auftauchen und mich stören. Aber jetzt habe ich ein, zwei Fragen, die ich Ihnen stellen möchte. Es ist etwas Persönliches, und dann – dann werden Sie nicht mehr kommen.«

»Nicht schlecht«, sagte er und lächelte ihr zu. »Als ich ein kleiner Junge war, gab es einen Kerl im Fernsehen, der – so wie Sie – Gedanken lesen konnte. Dunninger hieß er.« Er nahm einen Schluck aus seinem Glas.

Kay beobachtete ihn und setzte sich in einen Sessel.

»Sie haben etwas vor, Mr. Caulfield«, sagte sie. »Sie brauchen meine Hilfe, aber Sie wollen mir nicht sagen, wofür. Warum nicht?«

»Sie sind bemerkenswert scharfsinnig.«

»Da haben Sie nicht unrecht; aber Sie drücken sich um die Antwort.«

Er ließ sich auf ein Sofa sinken und sagte: »Okay, ich bin ein Mann, der oft zuviel trinkt und oft mehr Ärger bekommt, als er nötig hätte. Ich neige dazu, Dinge nicht ganz so zu betrachten, wie die meisten anderen Menschen. Vielleicht tickt es bei mir etwas anders. Irgendwie hab' ich 'ne Nase für dies und das. Und jetzt rieche ich auch was. Irgendwas läuft da krumm, und ich dachte, ich will mal nachsehen, was.«

Kay sagte: »Sie sind auf irgendeiner Spur. Was für einer?«

»Irgendeiner ziemlich wichtigen«, erzählte er lässig. »Ganz bestimmt sogar, weil sie andauernd versuchen, mich umzubringen.«

»Was?«

Er hob die Hand. »Ich wollte ja gar nicht davon sprechen«, sagte er rasch. »Nur zwei Leute, die offenbar annehmen, daß ich was gegen sie habe, sind so blöd. Aber zweimal in kurzer Zeit scheint mir das mehr als ein Zufall zu sein.«

»Ich begreife nicht, was ...«

»Vertrauen Sie dem alten Caulfield und überlassen Sie mir die Einzelheiten, Madam. Aber bitte, denken Sie nicht auch, daß ich was gegen *Sie* habe.«

»Nein. Aber Sie sind so irrsinnig geheimnistuerisch.«

»Kann schon sein. Ich gehe ein ziemlich großes Risiko ein, wenn ich Ihnen mehr davon erzähle«, sagte er und nahm einen großen Schluck Scotch. »Es ist so: Ich nehme nicht an, daß Ihr Mann ein Typ ist, der Fehler macht. Ganz gleichgültig, wie weit weg und in welcher Verfassung er ist. Ich meine, er wollte Ihnen etwas sagen, etwas mitteilen ...«

Jetzt lehnte sich Kay vor. »Sie sprechen von Bru immer im Präsens, als ob er noch am Leben sei.« Sie zögerte. »Oder?«

Caulfield vermied es, ihr in die Augen zu sehen. »Vertrauen Sie mir noch etwas länger, ja? Und noch eine Frage, bitte.«

Sie ließ sich wieder gegen die Lehne ihres Sessels sinken. »Gut. Sie meinen also, Bru wollte mir etwas mitteilen, als er die Sache mit den Ferien erwähnte?«

»Das war sicher kein Irrtum«, sagte Caulfield. »Was haben Sie damals in Flat Rock gemacht?«

»Eigentlich nicht viel«, antwortete sie. »Wir waren nur einen Tag dort, weil Charlie ein bißchen krank wurde.«

»Okay, aber was haben Sie an jenem Tag gemacht?«

»Nichts, was mir in Erinnerung geblieben wäre, Mr. Caulfield. Wir haben die Stadt angesehen – eine Ausstellung von Schlangen ... haben ein paar Filmaufnahmen mit unserer Kamera gemacht.«

Das Gesicht von Caulfield hellte sich auf. »Haben Sie den Film noch? Könnte ich ihn sehen?«

»Er ist irgendwo unten im Keller. Bru hat sie alle in einer Blechbüchse.« Sie runzelte die Stirn. »Was hat das mit ...«

»Also, ich muß Ihnen sagen, daß ich wahrscheinlich einen

Strohhalm zu fassen bekomme«, gab Caulfield zu und stand auf. »Bis jetzt haben Sie mich in gute Stimmung versetzt. Hören Sie bitte nicht damit auf.«

Kay stand neben ihm. »Gut, kommen Sie mit in den Keller.«

Eine Postkutsche rumpelte über die staubige Straße von Flat Rock. Der Kutscher saß breitbeinig vorn auf dem Bock, auf seinem Rücken trug er Pfeile und einen Bogen. Ein paar Leute kamen herbeigelaufen.

»Ach ja, sie drehten ausgerechnet an jenem Tag einen richtigen Film«, erklärte Kay im Dunkeln, während der Farbfilm abgespult wurde.

Ein ziemlich kleiner Charlie in Cowboy-Ausrüstung stand mit offenen Mund dabei und sah zu.

Ein Revolverheld in schwarzem Hemd griff sich an die Brust und fiel vom Dach des Ladens, den Caulfield nur zu gut kannte. Die Kamera folgte ihm, bis er in einem Bett aus Schaumstoff landete und von einem Assistenten herausgeholt wurde.

»Bru fand es sehr komisch zuzusehen, als sie diesen albernen Cowboyfilm drehten«, erinnerte sich Kay, als der Film zu Ende schnurrte. »Er hatte nicht gewußt, daß die Leute so viel Zeit für eine einzige Szene brauchen. Er sagte, er hätte nie die Geduld für so etwas.« Caulfield ging durch den dunklen Raum und schaltete das Licht wieder ein. »Charlie machte es auch sehr viel Spaß. Obwohl er eine Grippe bekam. Als er den Film später im Fernsehen sah, war er äußerst kritisch. Selbst die besten Stuntmen imponierten ihm nicht. Er sagte, ganz egal, wie wirklich etwas aussieht, es ist vermutlich doch bloß gestellt.«

»Gütiger Gott!« Caulfield sprang hastig auf.

»Ich nehme an, dieser kleine Film hat Sie etwas weitergebracht?«

»Er hat von einem unwichtigen Ort gesprochen, wo man einen unwichtigen Film drehte«, sagte Caulfield nachdenklich mehr zu sich selbst. »Was mag er damit gemeint haben? Ein Ort, wo man eine Wirklichkeit vorspiegelt, wo man etwas vormacht, was nicht der Wahrheit entspricht... Gütiger Gott?«

CROP DUSTING SERVICE

»Das sagten Sie schon«, warf Kay ein. »Worauf wollen Sie hinaus?«

Caulfield sprang wie ein Junge auf sie zu und küßte sie auf die Stirn. »Sie werden es als erste wissen«, sagte er. »Und jetzt muß ich schleunigst an die Arbeit. Danke, danke sehr!«

Ehe Kay antworten konnte, war der Reporter die Kellertreppen hinaufgerannt und verschwunden.

Der Tag ging zur Neige, der Himmel wurde fahl.

Willis wanderte schwankend, stolpernd und mit weichen Knien eine Felskante entlang. Ab und zu fiel er auf die Knie, erhob sich mühsam, schleppte sich weiter.

»Sprich mit mir«, befahl er sich selbst mit lauter Stimme; schwer atmend stieß er die Worte zwischen aufgesprungenen Lippen hervor. »Erzähl mir... Witze... leiste mir... Gesellschaft...«

Es sah aus, als fiele die Sonne aus dem dämmerigen Himmel.

»Kennst du den schon... ein Mann macht eine Reise nach Europa?«

Willis fiel, diesmal besonders schwer, auf beide Knie. Er zog sich an einem Felsbrocken mühsam wieder hoch.

»Wo war ich... ja... macht eine Reise nach Europa... weißt du, es ist sein erster Urlaub... nach langer Zeit... und...«

Jetzt wurde auch die Erde um ihn bleicher und allmählich grau.

»Ja... jedenfalls... es ist sein erster Urlaub nach... langer Zeit... Er sieht die...«

Er rutschte aus, taumelte, glitt an der felsigen Seite den Abhang hinunter, streckte die Hände aus. Sie bluteten durch die Anstrengung nur noch stärker. Endlich kam er in einem dürren, kratzigen Busch zum Stillstand.

Er blieb flach liegen, das Gesicht auf die Erde gepreßt. Keuchend atmete er ein und aus, langsam, sorgfältig...

»Also, dieser Mann... er findet seinen Urlaub richtig dufte... beschließt nach einer Weile, zu Hause anzurufen...«

Wenn ich etwas Glück habe, dachte er, schaffe ich es die zehn Fuß da hinunter bis zu dem Ding da, das wie ein Gully aussieht. Wieder raufklettern, nein, das schaffe ich nie. Aber erst muß ich mich ein wenig ausruhen.

Der Tag ging zur Neige. Es war sehr schnell dunkel geworden.

»Okay, also... er hat schließlich... seinen, seinen... Bruder am Apparat... fragt ihn... wie geht's zu Hause? Bruder sagt, ›deine Katze ist gestorben‹.«

Willis kroch auf allen vieren um den Busch, kämpfte sich wieder hoch, stolperte und rollte weiter hinunter.

Er schlug mit dem Rücken auf, wartete eine Minute lang und kam zu dem Schluß, daß er noch am Leben war. »Bleib hier ein wenig, ruh dich aus, ehe du weitergehst.«

»Sag mir, wenn du ihn schon kennst... Sagt der Mann zu seinem Bruder... ›Du sollst mir schlechte Nachrichten nicht so unvorbereitet sagen... ich bin so weit weg... in Europa, zum Donnerwetter.‹ Sein Bruder... fragt ihn... ›Wie soll ich es dir denn sonst erzählen‹?«

Er sah Lichter im fast schwarzen Himmel auftauchen. Rot und grün.

»›Du müßtest es mir... na, vorsichtiger beibringen... So zum Beispiel... Die Katze ist auf das Dach geklettert... jagte ein Eichhörnchen... und blieb hängen... darum mußten wir die Feuerwehr anrufen... es dauerte eine Stunde, bis sie kam...‹ «.

Die Lichter wurden größer, heller. Und jetzt hörte er auch ein Geräusch.

»›Der Feuerwehrmann, der die Leiter raufkletterte... konnte die Katze ergreifen... nur auf dem Rückweg... rutschte... rutschte er aus und fiel... und die Katze fiel auf die Erde...‹«

Noch ein Licht. Ein schrilles Gelb fuhr über den Hügelkamm.

Willis setzte sich unter großen Anstrengungen auf. Er mußte seine Augen mit einer blutenden Hand abschirmen.

» ›Wir brachten die Katze zum Tierarzt... aber er konnte sie nicht retten. Begreifst du? So... so solltest du mir eine schlechte Nachricht beibringen.‹ «

Das gelbe Licht hatte ihn erwischt; es schien direkt auf ihn herab, nagelte ihn fest.

»Dann fragt der Mann... seinen Bruder... ›Und wie geht's Mutter?‹ Und sein Bruder... sagt... ›Sie ist aufs Dach geklettert‹. Kapiert? Er sagt...«

Der Hubschrauber war jetzt dreißig Fuß über ihm, die Lichter schienen ihn zu beobachten.

»Ich glaube«, sagte Willis und versuchte aufzustehen, »die Straßenreinigung ist da.«

Kelloway ging durch sein Büro und blickte prüfend auf die Klimaanlage. Sie war auf Schwach geschaltet. Dafür war es im Zimmer eigentlich sehr kalt, fand er. Er drehte das Ding ab und setzte sich wieder an seinen Schreibtisch.

Das Telefon klingelte.

»Ja?«

»Haben Nummer Zwei gefunden, Dr. Kelloway.«

Seine Hand wurde eiskalt. »Wen? Ist es ...«

»Willis. Es ist Willis.«

»Und er war allein?«

»Ja, ganz allein.«

»Auf dem Weg nach Süden?«

»Ja, Sir, allein, auf dem Weg nach Süden.«

»Okay, das bedeutet also, daß Brubaker nach Westen ging. Alle Mann in Richtung Westen«, befahl Kelloway. »Zwei von dreien ist nicht gut genug.«

»Wir rechnen nicht mit Schwierigkeiten, Sir.« -

Kelloway legte auf. »Keine Schwierigkeiten.« Seine Stimme war sanft.

28

Caulfield breitete neben der Landkarte die Karte aus, auf der alle Tankstellen eingezeichnet waren. Mit dem Filzstift machte er einen großen Kreis um Houston. »Also, wenn Elliot richtig vermutet...«

Auf seinem Schreibtisch läutete das Telefon.

Caulfield betrachtete weiter seine Karte, das Telefon hörte nicht auf zu klingeln.

Endlich nahm er ab. »Was ist los?«

»Komm in mein Büro«, sagte eine knarrende Stimme.

»Jetzt?« fragte Caulfield und studierte weiter die Karten.

»Wäre wirklich bezaubernd.«

»Okay, okay.« Er haute den Hörer auf die Gabel, sah noch einmal auf die Karten und ging durch das Reporterzimmer zu einer Tür, auf der ›Ressortchef‹ stand. Er klopfte.

»Herein. Komm schon herein!«

Caulfield trat in das Büro von Walter Loughlin. »Ich komme, weil du es ohne mich nicht aushalten kannst, Walter, aber ich müßte wirklich...«

»Bleib mal stehen, laß dich ansehen.« Loughlin war ein dicklicher Mann Anfang Fünfzig. Bis vor kurzem hatte er täglich unzählige Zigarren konsumiert, und seine Lippen standen immer noch an einer Seite etwas offen. »Ich hab' direkt vergessen, wie du aussiehst, Robert.«

»Walter, können wir den Spaß beiseite lassen?« Caulfield kam auf den Tisch zu. »Hör zu, ich bin auf etwas aus...«

»Ja, auf die Schlinge um deinen Hals«, versicherte ihm sein Chef.

»Du gehörst eben noch zu der Generation, die im Kino aufgewachsen ist, Walter.« Er ließ sich auf einen Stuhl fallen. »Und jetzt versuchst du dich immer noch in der Rolle von Pat O'Brien oder Spencer Tracy. Rauher Journalist an großer Tageszeitung.«

»Können wir bitte das Thema wechseln«, sagte Loughlin. »Wo zum Teufel hast du dich rumgetrieben?«

Caulfield hob beide Hände. »Also, hör doch endlich zu. Laß

uns doch zur Abwechslung mal Erwachsene spielen, okay? Ich glaube, ich spreche lieber mit dir, weil ich da auf etwas aus bin. Tatsächlich.«

»So, so. Also wieder mal 'ne unsaubere Sache?«

»Irgendwas läuft schief, Walter, etwas sehr Großes, etwas sehr Böses«, sagte Caulfield. »Groß genug, daß man versucht, mich umzubringen.«

Loughlin blinzelte. »Wer versucht, dich umzubringen? Ist es eine Gruppe, der ich beitreten kann?«

»Walter, ich will dich bestimmt nicht auf den Arm nehmen, glaub mir, um Himmels willen. Ich meine es ernst: Man versucht, mich zu töten.«

»Wer?«

»Ach, ich glaube, du begreifst mich nicht.«

»Na, versuch's noch mal.«

»Also: Ein Freund von mir, ein junger Mann, arbeitet bei der NASA. Er gab mir – na, eine Art Tip«, erklärte Caulfield. »Dann ist er verschwunden.«

»Verschwunden? In einer Rauchwolke?«

Caulfield versuchte, geduldig zu bleiben.

»Er ist verschwunden, Walter, als hätte er nie existiert. In seiner Wohnung sitzt plötzlich ein Mädchen, anderer Fußboden, ganz andere Möbel stehen drin – kostet alles viel Geld. Und sie behauptet, schon jahrelang da zu wohnen. Sie hat sogar uralte Magazine mit ihrer Adresse drauf rumliegen.«

»Verstehe, die hat mein Zahnarzt auch. Was noch?«

»Ich hab' es bei dem Makler überprüft«, sagte Caulfield. »Sie haben Mietabrechnungen von der Biene seit mehr als einem Jahr. Nicht nur das, sie behaupten, Elliot Whitter hat nie in einem ihrer Apartments gewohnt. Selbst wenn ich mich in der Nummer geirrt hätte, was ich nicht glaube – sie behaupten, daß sie nie von ihm gehört haben. Und das Tollste: Die NASA sagt: Whitter hat nie für uns gearbeitet. Sie behaupten steif und fest, nie von ihm gehört zu haben. Und selbst die Telefongesellschaft sagt dasselbe.«

»Ich würde sagen, diesen Freund gibt es nicht.«

Caulfield machte eine einladende Geste. »Sieh mal im Telefonbuch nach.« Er lehnte sich zurück und wartete.

Knurrend blätterte Loughlin im Telefonbuch, »Hier ist er, richtig, hier. Elliot Whitter, 1284 Clardige.«

»Klar, weil man Elliot verschwinden lassen und ein paar Adressenschilder auf ein paar Magazine kleben und ein paar Leute bestechen kann«, sagte Caulfield und grinste böse. »Aber man kann nicht ein paar Millionen gefälschte Telefonbücher der Stadt Houston drucken und Spione ansetzen, um sie überall auszutauschen, ohne daß jemand was merkt.«

Loughlin setzte sich in seinem Sessel bequemer zurück. »Wer hat ihn?«

»Ich weiß es nicht. Vielleicht dieselben Leute, die versuchen, mich zu erwischen.«

»Und willst du versuchen, mir weiszumachen, daß die Geschichte mit deinem nicht mehr zu kontrollierenden Wagen kein Unfall war?«

»Okay, ich weiß, daß die Bullen meinen, mit dem Wagen war alles in Ordnung«, sagte Caulfield. »Aber ich garantiere dir, daß jemand mit dem Gaspedal und den Bremsen und Gott-weiß-was rumgespielt hat.«

»Bißchen schwer zu beweisen – nach so langer Zeit. Oder?«

»Und dann hat jemand auf mich geschossen.«

»Wann?«

»Gestern.«

»Gott sei Dank – ich habe ein Alibi.«

»Ich nehme dich nicht auf den Arm, Walter, ehrlich!«

»Du könntest ein so guter Journalist sein, Caulfield«, sagte sein Boß, »wenn du bloß nicht vom Suff und den Weibern so abhängig wärst. Aber trotzdem – du bist nicht ganz schlecht. Aber meist bist du nicht das wert, was du verdienst. Woodword und Bernstein, die Superstars in unserer Branche, die arbeiten hart an ihren Themen. Und du bist immer wie ein Luchs auf 'ner Fährte. Zum Beispiel damals, als du mir weismachen wolltest, du wüßtest, wo Patty Hearst steckte.«

»Ich wußte auch, wo sie gewesen war, aber nicht, wohin sie

dann verschwand. Wenn du mir damals nicht in den Rücken gefallen wärst, Walter, hätten wir die Spur verfolgt und ...«

»Schon gut, vergiß es, vielleicht hast du recht.« Loughlin trommelte mit dicken Fingern auf seine Schreibtischplatte. »Vor ein paar Stunden ist ein Güterzug mit Propangas in der Nähe von Galveston entgleist. Möglich, daß die Stadt in die Luft fliegt. Ich habe wirklich gehofft, du wärst inzwischen bei den Filmleuten, die dich im Augenblick am Flugplatz erwarten.«

»Walter, ich kann nicht nach Galveston.«

»Dachte ich mir doch, daß du das sagst.«

»Wenn ein Reporter seinem Ressortchef sagt, daß er an einer großen Geschichte sitzt, dann erwartet man von dem Ressortchef, daß er ihm achtundvierzig Stunden gibt, um die Geschichte zu bringen. Wenn nicht, schmeißt er ihn raus.«

Loughlin trommelte immer noch auf den Tisch. »Den Film habe ich auch gesehen. Und was tat der Boß? Er gab ihm achtundvierzig Stunden. Hier hast du sie.«

Caulfield sprang auf. »Danke, Chef.«

»Noch was«, rief Loughlin ihm nach. »Ich kann dich immer noch nicht leiden. Wenn du also mit der Geschichte nicht rüberkommst, schmeiße ich dich wirklich raus, verstanden?«

»Das ist mir kristallklar«, antwortete Caulfield und verschwand.

29

»*Eine* saubere Tasse habe ich bestimmt noch gehabt.« Mit der Kaffeekanne in einer Hand suchte Caulfield die winzige Küche in seinem Apartment ab.

Wehmütig betrachtete er das vollgestopfte Abwaschbecken, schob die Finger der linken Hand zwischen schmutzige Teller und Tassen. Das Brett neben dem Becken war leer, genauso gähnend leer wie die Regale im Geschirrschrank, wo er eigentlich schon vor Tagen das brav abgewaschene Geschirr wieder einräumen wollte. Nun ja.

Er entschloß sich schließlich für eine Tasse, die noch ziemlich sauber war, spülte sie unter dem Heißwasserhahn aus und goß sich endlich eine Tasse Kaffee ein. Damit ging er gedankenverloren ins Wohnzimmer.

Er hatte seine Sammlung von Landkarten mit nach Hause genommen und auf dem ungemachten Couchbett ausgebreitet. Er hockte sich daneben, trank seinen Kaffee und studierte die Karten.

Die Nacht war warm; draußen zirpten die Grillen.

Caulfield fuhr mit dem Zeigefinger den Kreis nach, den er in einem Radius von 300 Meilen um Houston gemalt hatte. »Hier irgendwo muß es sein«, murmelte er. »Denn Elliot ist gut mit Zahlen und ...«

Päng!

Die Wohnungstür flog auf und krachte gegen die Wand. Drei riesige Männer, schwer bewaffnet, stürzten herein.

Der größte richtete seine 38er auf Caulfield. »Gleich bist du kalt.«

»Und wie kalt mir ist«, sagte Caulfield und sah von einem der dunkel gekleideten Männer zum andern. »Und mit wem habe ich das Vergnügen?«

»Sind Sie Robert Caulfield?«

Caulfield mußte schlucken. »Jaaa«, sagte er. »Und wer sind Sie, wenn ich fragen darf?«

»FBI. Wir haben einen Hausdurchsuchungsbefehl.«

»Darf ich bitte aufstehen?« meinte Caulfield und erhob sich

etwas mühsam. »Und kann ich vielleicht mal einen Ausweis sehen?«

Der Mann mit der 38er hielt seine Kanone immer noch auf Caulfields Brust gerichtet. »Zeigt's ihm.«

Ein anderer zog einen Ausweis hervor und ein sehr offiziell aussehendes Dokument.

»Und wonach wollen Sie suchen ...«

»Gehen Sie aus dem Weg, Mr. Caulfield«, schlug der erste vor.

Die anderen beiden machten sich an die Arbeit, um die Wohnung auf den Kopf zu stellen. Erst rissen sie die Karten vom Bett, dann die Laken. Einer nahm jedes Kissen hoch. Der dritte sah hinter die Bilder.

»Falls Sie dabei staubwischen würden, wäre ich ...«

»Alles, was Sie aussagen, kann gegen Sie verwendet werden«, sagte der Mann mit der 38er. »Am besten halten Sie den Mund.«

»Bekomme ich Ärger, wenn ich Sie frage, wonach Sie eigentlich suchen?«

Einer rief aus dem Badezimmer. »Komm mal her, sieh dir das an.«

»Würden Sie bitte mitkommen, Mr. Caulfield?«

Caulfield folgte ihm in das kleine Badezimmer. »Sie werden es kaum glauben, aber so viele Leute waren noch nie auf einmal bei mir auf dem Klo.«

Der im Bad zeigte den anderen ein Regal im Medikamentenschrank. Da stand eine kleine Plastiktüte mit weißem Pulver. »Das haben wir eben entdeckt«, sagte der Mann. Er nahm die Tüte vom Regal, öffnete sie und roch daran. Dann rieb er etwas von dem weißen Pulver zwischen den Fingern und gab die Tüte dem anderen Agenten.

Dieser machte dasselbe: zerreiben, riechen. »Mr. Caulfield, ich muß Sie wegen unerlaubten Besitzes von Kokain festnehmen.«

»Das darf doch wohl nicht wahr sein«, sagte Caulfield. »Ihr Kerle habt es selbst dort reingestellt. Ich habe noch nie in meinem Leben Drogen besessen. Ich bin nämlich Trinker! Und wie

Sie wohl wissen – beides zusammen geht nicht. Was, zum Teufel, also soll der Quatsch? Jetzt werde ich ernstlich böse! Ihr kommt hier rein und stellt ...«

»Sie haben nur *ein* Recht – und das heißt: Schnauze halten. Ja – noch eins, das auf einen Anwalt.«

»Hören Sie zu: Sie wissen selbst ganz genau, das Zeug war nicht in dem Schrank, als Sie reinkamen. Sie ...« Als er ihre Gesichter sah, sprach er nicht weiter. »Ist dasselbe mit Elliot passiert? Haben Sie ihn unter irgendeinem fadenscheinigen Vorwand ...«

Der dritte Mann kam in das Badezimmer und packte einen Arm von Caulfield. Er bog ihn nach hinten und wollte Handschellen anlegen.

»Heh, das tut weh. Sie brauchen mir keine Handschellen anzulegen, ich bin kein ...«

»Mr. Caulfield, es liegt schon einiges Schwerwiegendes gegen Sie vor«, sagte der Mann mit der Kanone. »Erschweren Sie Ihren Fall nicht durch Widerstand gegen die Staatsgewalt.«

»Wenn ich ›Aua‹ sage, ist das Widerstand? Lieber Himmel. Wenn das alles ist, was euch noch einfällt.« Aber er sagte nichts mehr. Er blieb stumm, als sie ihn fortführten.

30

Caulfield kam die Stufen vom Polizeirevier herunter und sah sich auf der nächtlichen Straße um.

Von links hörte er eine Hupe, und dann sah er einen Wagen langsam auf sich zurollen.

»Endlich ein liebes Gesicht«, sagte er und ließ sich auf den Beifahrersitz fallen. »Das erkenne ich hoch an.«

»Nun, wenn Ihre eigenen Leute Sie schon nicht abholen«, sagte eine verschlafen dreinblickende Judy Drinkwater, »muß es ja irgend jemand tun.«

»Loughlin hat Kaution für mich gestellt«, sagte Caulfield, während das junge Mädchen den Wagen wieder anließ. »Aber das ist auch alles. Er meint, da ich nicht mehr zum NBC gehöre, sei das alles, was er für mich tun könne.«

»Man hat Sie rausgeschmissen?«

»Sieht so aus, als gäbe es beim NBC irgendein Gesetz gegen die Mitarbeit von Drogensüchtigen.«

»Sie sind nicht süchtig.«

»Danke.«

»Ein Säufer und ein Schürzenjäger und ein Chauvinist, ja. Aber ansonsten so sauber wie Jack Armstrong.«

Caulfield legte kurz seine Hand auf die ihre. »Und ich war mir nicht mal sicher, als ich Sie anrief und auch noch aus dem Schlaf weckte, ob Sie mich wirklich abholen kommen, Judy.«

»Ich sagte Ihnen doch schon mal, daß man nur mit Ehrlichkeit bei mir weiterkommt«, sagte sie. »Die Einsamkeit des Reporters oder die Trostlosigkeit des Individualisten in der Massengesellschaft – damit läuft bei mir nichts. Aber ein Anruf, daß jemand im Dreck steckt, auf Kaution entlassen ist und keinen Job mehr hat... und ich eile.«

»Sie sind ein Goldengel, ich meine: treu wie Gold«, erklärte Caulfield. »Ich habe das Gefühl, irre Kopfschmerzen zu bekommen.« Er rieb sich den Nacken. »Hatten Sie schon mal drei Agenten in ihrer Wohnung, die mit Kanonen auf Sie zielten?«

»Nie mehr als zwei.«

»Dann lassen Sie sich sagen, es ist eine todischere Art, mindestens den Verstand zu verlieren.« Er sank in seinem Sitz zusammen und sah zu, wie die Lichter am Fenster vorüberglitten. »Haben Sie gefunden, um was ich Sie bat?«

»Für einen Romantiker fällt Ihnen mitten in der Nacht genau das richtige ein, Bob. Judy, geh mal und such alles heraus, was du in einem Radius von dreihundert Meilen um Houston an militärischen Einrichtungen entdecken kannst.«

»Da wir ja nun Kumpel sind, sage ich kein einziges romantisches Wort mehr zu einer Dame. Hast du es rausgefunden?«

»Eine. White Bluff. Eine des Strategic Air Command Basis. Mein Vater war da mal stationiert.«

Coulfield schüttelte nachdenklich den Kopf. »White Bluff. Nein. Zu groß.«

»Zu groß wofür?«

»Für das, was ich vorhabe.«

»Was haben Sie vor?«

»Ach, ich dachte daran, mich zum Militär zu melden. Freiwillig.«

»Man würde Sie nie und nimmer nehmen.«

»Drum habe ich es ja vor.«

»Immer undurchsichtig, Bob.« Sie hielt vor einem Wohnblock. »Gehört das alles zum selben Käse? Die Basen und daß man auf Sie schießt und das, und so weiter?«

»Tut mir leid, ja.«

Das Mädchen seufzte. »Habe mir nie gedacht, daß ausgerechnet ich Ihnen je bei einer Story helfen werde.«

»Das ist der echte Geist weiblicher Zurückhaltung und Bescheidenheit.« Er sah an der Hauswand hinauf. »Hier wohnen Sie?«

»Ich hatte vor, Sie einzuladen, die Nacht – oder jedenfalls, für das, was davon übrig ist – bei mir zu verbringen.«

»Oh? Ich werde mich entschließen, irgendwelche Leute zu bitten, öfter auf mich zu schießen.« Er runzelte die Stirn. »Sind Sie ganz sicher, daß da außer ›White Bluff‹ nichts ist?«

»Nein, außer einer kleinen verlassenen Basis, die sie im Zweiten Weltkrieg für Übungen bauten. Jackson. Jetzt ist da nichts mehr«, sagte sie und betrachtete sein Gesicht. »Ich habe den Eindruck, Sie haben es nicht sehr eilig, mitzukommen.«

»Aber natürlich«, versicherte er ihr. »Ich liebe dich und so weiter. Wo, zum Teufel, ist Jackson?«

»Ungefähr dreihundert Meilen östlich.«

Caulfield legte ihr die Hand auf die Schulter. »Wieviel Geld hast du bei dir?«

»So etwa hundert Dollar«, erwiderte sie. »Ich wollte es heute früh im Geldschrank lassen, aber wenn Sie vorziehen, Vorschuß zu nehmen ...«

»Leih mir die hundert, Judy«, sagte er. »Und deinen Wagen.« Nach ein paar Sekunden des Nachdenkens öffnete sie ihre Handtasche und gab ihm das Geld. »Du erinnerst mich an einen Zuhälter, den ich mal kennenlernte. Hier.«

»Du bist wunderbar«, sagte er. Er lachte. »Hab' mir immer gewünscht, das mal zu einer Frau sagen zu können.«

»Kannst du nicht mal einen Moment deinen verfluchten Zynismus beiseite lassen, Bob? Ich meine – ich möchte nicht, daß dir... na, daß dir was passiert.«

»Sie haben versucht, mich zu ertränken, mich zu erschießen und zu kidnappen und ins Gefängnis zu stecken«, sagte er. »Alles lief ihnen schief. Also sieh der Tatsache ins Gesicht: Ich bin ein Sonntagskind.«

»Bis jetzt.« Sie lehnte sich zu ihm hinüber und küßte ihn flüchtig auf die Wange. »Paß auf dich auf – was immer du auch vorhast. Und komm zurück.«

»Ich muß ja einfach zurückkommen«, sagte er, »um unsere Affäre zu beenden. Mit solch einem fabelhaften Anfang und spannenden Mittelstück muß sie einfach zu einem Happy-End führen.« Er gab ihr einen flüchtigen Klaps auf die Schulter. »Schlaf ein bißchen. Ich bin auf dem Weg nach Jackson.«

»Okay.« Sie stieg aus. »Viel Glück.«

»Das ist das Adjektiv von Caulfield«, versicherte er ihr grinsend, winkte ihr und fuhr los.

Es ging endlos so weiter.

Es ging endlos so weiter, und er würde hier nie herauskommen.

Wo Brubaker aus sandverklebten Augen auch hinblickte, er sah nichts als roten Wüstensand. Sand und Steine. Und die Sonne, die den dunstigen Himmel regierte und jeden Tropfen Flüssigkeit aus seinem Körper saugte. Die ihn in Staub verwandelte. Staub, den ein heißer Windhauch im Nichts verwehen konnte.

»Komm weiter«, beschwor er sich selbst. Seine Stimme war ihm fremd geworden, er konnte nur noch krächzen. »Du wirst verrückt. Also nimm dich zusammen.«

Er war nicht mehr derselbe Mensch. Nichts an ihm. Die Wüste hatte ihn verändert. Sein Anzug war zerfetzt, sein Fleisch ausgetrocknet und voller Blasen. Die Haut juckte ihn. Er konnte nicht mehr gut sehen, konnte nicht mehr gehen, ohne zu stolpern und zu schwanken.

Die Wüste nahm kein Ende, und er würde hier sterben.

»Nimm dich zusammen«, krächzte er noch einmal zu sich selbst. »Du mußt leben, verdammt noch mal! Leben und diese Hunde fertigmachen.«

Irgend etwas erschien zu seiner Rechten. Ein riesiger roter Felsblock. Genug, um ihm Schatten zu spenden.

Brubaker lachte. Selbst ein Funken Hoffnung wie ein bißchen Schatten, ein wenig Schutz vor der glühenden Sonne konnte ihn erheitern. Er versuchte zu laufen, aber er fiel hin.

Und als er im Sand lag, hörte er das Geräusch.

Er kannte es so genau wie ein entflohener Gefangener das Bellen der Hunde. Ein Hubschrauber.

»Diese Hunde geben nicht auf. Sie geben einfach nicht auf.«

Er kroch, kroch verzweifelt auf allen vieren, versuchte, schneller voranzukommen, sich im Schatten des Felsens zu verkriechen.

Wenn man auf etwas intensiv lauscht, immerzu lauscht, selbst im Schlaf, dann meint man, es zu hören, auch wenn es nichts zu hören gibt.

Aber das war keine Halluzination. Da war ein Helikopter über ihm. Ein Hubschrauber, der ihn jagte.

Er schaffte es, zog sich in den Streifen Schatten. Er rang nach Atem, obwohl er dabei das Gefühl hatte, daß seine Lungen platzen würden.

»Mich fängst du nicht«, schwor er sich.

Er würde es schaffen, er würde überleben. Und ihnen alles zurückzahlen. Jeden Cent von dem, was sie ihm angetan hatten. Jedem einzelnen Hund von ihnen. Kelloway und den verdammten Bürstenhaarschnitt-Hunden in ihren maßgeschneiderten Anzügen.

Nach einer gewissen Zeit – in einer Umgebung wie dieser – scheint alles zu entschwinden. Das Leben wird ganz einfach. Du bleibst am Leben, und du wartest auf die Stunde deiner Rache.

Und er wollte sich rächen. Das konnten sie ihm nicht rauben.

Das Geräusch wurde lauter. Die Blätter der Tragschraube zerschnitten die Luft.

»Sie haben mich nicht gesehen«, sagte er und war fast überzeugt davon. »Aber sie werden mich entdecken.«

Er hob den Kopf und blickte sich um. Ein paar Fuß weiter war noch ein dunkler Punkt im Schatten. Eine Art Höhle zwischen den Felsblöcken. Wenn er es bis dahin schaffte, würde er in Sicherheit sein.

Es schien Ewigkeiten zu dauern, bis er den dunklen Fleck im Schatten erreicht hatte. Und der Hubschrauber kam immer näher, immer näher.

Endlich war es soweit, er hockte in dem Loch. Kaum genug Platz für ihn. Er zog die Beine unter sich, damit er hineinpaßte.

Jetzt waren sie fast genau über ihm.

Es dauerte eine halbe Minute, bis er den anderen Laut hörte.

Ein trockenes Klappern der Schlange, die über seinem Kopf hing.

Der Stacheldraht war in schlimmem Zustand, und das Warnschild war so verblichen, daß es keine Drohung mehr bedeutete. *Jackson Luftwaffenstützpunkt. Am 12. Dezember 1947 geschlossen. Zutritt nur für Befugte.*

Caulfield parkte den geliehenen Wagen neben der Wüstenstraße und sprang heraus. Eine Viertelmeile weiter war ein alter Hangar zu sehen. »Das könnte der Ort sein.«

Sorgsam hob er den Stacheldraht und kroch darunter durch. Aufmerksam sah er sich um, als er über den trockenen Sand zum Hangar ging.

Nichts geschah. Niemand folgte ihm.

Am Tor des Hangars hing ein riesiges Schloß. Ein altes Schloß. Er würde mit ihm kämpfen müssen, um es aufzubrechen. Langsam wanderte Caulfield um das Gebäude. Keine Fenster. Die einzige Tür, die es noch gab, war ebenfalls verschlossen.

Dann sah er plötzlich das Gitter über der Ventilation. Es sah nicht sehr kräftig aus. Knieend gelang es ihm, es abzuheben und beiseite zu legen. Er blickte in die Öffnung. Alles, was er sehen konnte, war das Innere der Ventilation. Allerdings sah es ganz so aus, als könne es einem ziemlich schlanken Reporter gelingen, hindurchzukriechen.

Er beschloß, es zu versuchen.

Caulfield erschien nach einer Weile recht staubig in einem ganz und gar leeren Hangar. Jeder Schritt hallte von den Wänden wider.

»Das hier stimmt mit meiner Theorie überhaupt nicht überein«, konstatierte er und rührte mit der Fußspitze im Staub des Fußbodens. Aus dem Staub schien rotes Gold zu werden.

Caulfield untersuchte den Hangar.

War es möglich, daß es doch der Ort war, den er suchte? Sie konnten doch nicht alles verändert, ihn genauso wiederhergestellt haben, wie er einmal – vorher einmal – war?

Möglichkeiten machten keine Schlagzeilen. Tatsachen machten Schlagzeilen. Wahrheiten, die man beweisen konnte.

Sekundenlang zitterte ein goldener Schein über die Wand. Wahrscheinlich auch nur Staub. Er ging hinüber, um nachzusehen.

Ein Ehering. Er lag dicht an der Wand des Hangars und war

vom Staub fast zugedeckt. Er blies den Staub vom Ring, nieste und untersuchte die Inschrift, die auf der Innenseite des Ringes eingraviert war.

»Himmel!« rief er lachend.

Auf dem Ring eingraviert waren die Worte: *Bru von Kay 6/12/64.*

Caulfield schloß die Finger fest um den Ring. »Hab' ich dich doch«, sagte er.

Die Schlange fuhr herunter, ihr Kopf schoß knapp an Brubakers Hand vorbei.

Er zog die Hand zurück, die Schlange zischte knapp an seinen Fingern vorbei.

Draußen wurde das Schnarren des Hubschraubers unglaublich laut.

Käme er jetzt heraus, hätten sie ihn klar im Visier. Glasklar. Wenn auch von hinten.

Das Rasseln des Schlangenschwanzes war beinah so laut wie der Hubschrauber über ihm.

Die Schlange schoß wieder auf ihn zu. Erreichte ihn nicht, denn Brubaker duckte sich blitzschnell nach links.

Dabei stieß er Staub und Kies aus dem Felsspalt hinaus.

Das könnten sie gesehen haben.

Brubaker wartete.

Die Schlange rollte sich zusammen, ihr Kopf fuhr von einer Seite zur anderen.

»Schwächer«, sagte er.

Ja, das Geräusch des Hubschraubers war schwächer geworden.

Und noch schwächer. Er entfernte sich.

Brubaker rührte sich noch immer nicht. Er wartete, zählte die Sekunden. Eine Minute war vorbei, dann noch eine.

Er lehnte sich zurück.

Irgend etwas drückte gegen seinen Rücken. Ein Stein. Er schloß die Finger um ihn, lehnte sich weiter zurück und streckte die linke Hand gegen die Schlange aus.

Die Schlange starrte auf die Hand. Dann schoß ihr Kopf vor.

Aber statt der Hand war da ein Stein. Und mit dem Stein schlug Brubaker zu, wieder und wieder. Er spürte, wie der Kopf der Schlange unter den Schlägen zerbarst. Blut quoll hervor.

Er hob den blutverschmierten Stein und starrte auf den zitternden Leichnam der Schlange.

»Lieber Gott,« sagte er. Er wußte, was er jetzt zu tun hatte.

Er nahm die tote Schlange, kroch aus der Felsspalte und lehnte sich mit dem Rücken gegen die roten Steine. Aus seinem zerrissenen Raumfahreranzug zog er die Hälfte des Spiegels.

»Schade, daß Willis nicht hier ist. Ihm würde sogar dazu etwas Witziges einfallen.«

Er benutzte den Spiegel als Messer, zog der Schlange damit die Haut ab und hackte das Fleisch in Stücke. Es ging darum, am Leben zu bleiben. Das war alles, was noch zählte.

Ohne zu zögern schob er sich ein Stück von dem Schlangenfleisch in den Mund. Er kaute langsam und schluckte.

Schief, verloren, vom Wetter zerfressen hockte das Ding im trockenen Feld. Scheune und ein bißchen Hangar. Auf dem Blechdach ein handgemaltes Schild: *A & A Schädlingsbekämpfung.*

Caulfield fuhr die staubige Straße entlang, die zu dem einsamen Gebäude führte. Vor dem Haus stand ein uraltes Propellerflugzeug – vielleicht funktionierte es sogar noch? Auch dieses Museumsstück trug das A & A-Schild auf einer Seite.

Er parkte den Wagen und ging auf das Flugzeug zu. Ob es etwa zusammenbrach, wenn er zu hart auftrat, dachte Caulfield.

»Hallo?«

Ein kahlköpfiger Mann in einem orangefarbenen Overall erschien im Tor des Scheunen-Hangars; er trug eine Kanne mit Chemikalien.

»Sind Sie hier zuständig?« fragte Caulfield.

Der Mann war ungefähr fünfzig und genauso vom Wetter gezeichnet wie sein Haus. Er stellte die Kanne ab, fischte eine verblichene Baseball-Schirmmütze aus einer zerbeulten Hosentasche. »Sie sehen aus wie ein richtiger Sonnyboy und sind bestimmt nicht von hier,« sagte er mürrisch.

»Sie haben nicht so unrecht. Also, sind Sie ...«

»Können Sie nicht lesen? Wenn ja, dann sehen Sie sich gefälligst das Schild an meinem Hangar an.«

»Hab' ich schon. A & A Schädlingsbekämpfung. Sie fliegen also über die Felder – und streuen was drüber, damit die Ernte giftig wird.«

»Na, na. Sie wissen also, wer ich bin?«

»Ich wette, Sie sind eins von den A's.«

»Und welches? Wissen Sie auch darauf eine Antwort, junger Mann?«

Caulfield kratzte sich das Kinn. »Das erste.«

»Falsch.«

»Geben Sie mir noch eine Chance?«

»Kriegen Sie.«

»Ich weiß! Sie sind das zweite A.«

»Wieder falsch.« Er drückte sich die Kappe auf seinen kahlen Schädel. »Ich bin beide A's. Wie gefällt Ihnen das, junger Mann. Mein Name ist Albain. Ich hatte mal einen Sohn, und er benutzte das andere A. Er hielt nicht viel vom Fliegen und wollte lieber Anwalt werden. Also sah ich ein, daß ich einen Nichtsnutz als Sohn hatte und nahm ihm das A weg. Und da hatte ich beide. Wenn Sie wirklich den Mann suchen, der hierfür zuständig ist, dann sehen Sie beiden direkt ins strahlende Auge.«

»Freut mich, Sie kennenzulernen. Ich heiße Caulfield.«

»Na ja, wir alle müssen unser Kreuz tragen.«

»Mr. Albain, was kostet es, wenn ich mal so über ein Feld fliege?«

»Fünfundzwanzig Dollar.«

»Na, wissen Sie, ich würde, hm, sehr gern, Ihre Maschine hier mieten«, sagte Caulfield und klopfte mit äußerster Vorsicht auf das Blech des Veteranen.

»Das macht hundert Dollar.«

»Heh, eben sagten Sie noch fünfundzwanzig.«

»Nein, ich meinte fünfundzwanzig, um ein Feld zu spritzen. Aber Sie haben kein Feld, weil Sie offensichtlich kein Farmer sind. Das heißt, Sie sind auch nicht arm, junger Mann.«

»Okay, hundert.«

»Nein, es macht hundertfünfundzwanzig.«

»Wie?«

»Sie haben zu schnell bei hundert zugeschlagen. Das heißt, Sie können leicht höher gehen.«

Caulfield grub in seiner Tasche, zog die Brieftasche heraus. Er nahm das Bargeld und sagte: »Ich vermute, Sie sind nicht auf ein Visum aus? Also, ich sehe mal nach ... Ich habe genau hundertundsechsundzwanzig Dollar hier, Mr. Albain. Wie wär's, wenn wir uns auf hundert einigten, damit ich ...«

»Kein Geld, kein Flug.«

»Hundertundzwanzig?«

»Hundertundfünfundzwanzig war der Preis, junger Mann.«

»So, so. Na, dann muß ich wohl nach Hause telegrafieren, um Nachschub zu kriegen.« Er gab Albain alles bis auf seinen letzten Dollar. »Wenn ich ein Zuhause hätte.«

»An Bord, bitte.« Der Pilot deutete auf den hinteren der beiden offenen Sitze. »Und wohin soll's gehen?«

»Ich bin noch nicht sicher«, sagte Caulfield, als er ins Cockpit kletterte. »Wir suchen nach jemandem, der verlorengegangen ist.«

»Okay, es ist schließlich Ihr Geld«, sagte Albain und setzte sich nach vorn. »Wir können alles verschwenden, was Sie wollen, junger Mann.«

33

Er konnte es zuerst nicht fassen.

Brubaker blieb stehen, starrte vor sich hin. Die Straße löste sich nicht in Nichts auf.

Nicht direkt eine Straße, aber das verdammte Ding war Wirklichkeit. Ein gepflasterter Weg, von Menschen gebaut, mitten durch die Wüste.

Und ungefähr eine Viertel Meile entfernt stand an dieser Straße eine Tankstelle. Ein heruntergekommenes Wrack, einer früher mal weiß gestrichenen Tankstelle, und das erste Gebäude, das er sah, seit er den Jet vor ewigen Zeiten verlassen hatte.

Unter großer Anstrengung zwang er sich zu laufen. Es war eher eine Pantomine, aber die brachte ihn endlich doch aus dem Sand auf diese Straße.

Die Minuten bis zur Tankstelle schienen endlos und sehr schmerzhaft.

»Heh!« schrie er mit krächzender Stimme. »Heh!«

Nichts als heißes, trockenes Schweigen.

Die Tankstelle war verlassen, verrostet und verbeult. Brubaker streckte die Hände nach dem Ding aus, um nicht umzufallen. »Heh! Kundschaft!«

Spinnweben überall an den dreckigen Fenstern und der verrotteten Tür.

»Himmel, kein Mensch – sie ist leer, verlassen.«

Brubaker zwang sich noch die letzten Schritte bis zur Tür. Er drehte den Türknauf. Verschlossen.

Lange blieb er an die Tür gelehnt stehen. Dann riß er sich zusammen und warf sich mit aller Kraft, die ihm noch geblieben war, dagegen. Wieder und immer wieder. Endlich gab sie nach, die verrosteten Angeln quietschen, und die ganze Tür fiel klappernd wie ein Gerippe in das Büro. Brubaker lag obenauf.

»Na, komm schon, komm schon«, redete er sich zu. »Zu blöd, ausgerechnet jetzt aufzugeben, alter Junge.«

Er stand auf, klammerte sich an einer Theke fest und sah sich um. Ein paar Ölkannen lehnten auf einem Regal an der Wand, ein Reifen in einer Ecke. Und an der Wand ein Telefon!

»Münztelefon. Und vermutlich seit Jahren kein Anschluß mehr.«

Vielleicht nicht. Aber vielleicht hatte der Besitzer diese Tankstelle erst vor kurzem aufgegeben? Vielleicht hatte er sogar vor, zurückzukommen.

Brubaker entdeckte die Registrierkasse am anderen Ende der Theke. Er schlurfte hinüber, drückte auf den verschiedenen Knöpfe. Seine Fingerkuppen schmerzten.

»Ruhe, Ruhe«, sagte er sich. »Drück mal auf die Leertaste.«

Er drückte. Nichts geschah. Der Geldanzeiger blieb stur stehen. Die Schublade geschlossen.

»Muß doch ein paar Werkzeuge in dieser Höhle geben. Muß sie finden und ...«

Wum! Päng!

Als er sich umdrehte, hatte sein Ellbogen die Registrierkasse vom Tresen gestoßen. Mit einem klirrenden Geräusch sprang die Schublade auf.

Zwei schmutzige, zerknitterte Dollarnoten fielen heraus.

Brubaker fiel auf die Knie. »Verdammt, und ich hab' kein Wechselgeld bei mir. Verflucht noch mal.«

Er bohrte mit einem Finger überall herum. Traf auf etwas Hartes. Ein Zehncent-Stück. Tatsächlich: ein Zehncent-Stück.

Vorsichtig fischte er die Münze heraus, hielt sie in seiner zerschundenen Handfläche und erhob sich wacklig. Er schlich zum Telefon an der Wand.

Atemlos ließ er die Münze in den Schlitz fallen. Den Hörer hielt er dicht ans Ohr gepreßt. »Komm, komm, bitte, bitte. Gib einen Ton von dir, damit ich weiß, daß du lebst.«

Stille. Zehn Sekunden verrannen. Dann fing das Telefon an zu summen. Brubaker gab einen knurrenden Laut von sich, der ein Lachen sein sollte, und wählte die Null.

»Kann ich Ihnen helfen?« fragte eine weibliche Stimme.

»Ja, das können Sie«, sagte Brubaker.

»Entschuldigung, Sir, ich kann Sie nicht sehr gut hören. Können Sie vielleicht lauter sprechen?«

Er tat sein Bestes. »Ich möchte mit Houston, Texas, sprechen. Verbinden Sie mich bitte«, sagte er.

Caulfield teilte sich die Zeit auf, indem er sich darauf konzentrierte, daß ihm bei dem wackligen Flug nicht übel wurde, und auf die Wüste unter ihm, in der er nach Spuren suchte, die die Astronauten hinterlassen hatten.

»Da stelle man sich vor, der will mir weismachen, er sei Anwalt!« schrie Albain über die Schulter, während er sein uraltes Flugzeug durch die Luft hoppeln ließ.

»Nicht gerade fair«, erwiderte er brüllend.

Sie flogen ein paar hundert Fuß über der Wüste, jetzt waren sie schon fast eine Stunde unterwegs. Bisher hatte er nichts als einen toten Schakal entdeckt. Caulfield wußte nicht genau, wonach er eigentlich suchte. Er war nur sicher, daß zumindest Brubaker bis vor kurzem in diesem Hangar gewesen war. Aber wo er und die beiden anderen Astronauten nun sein mochten, war ihm ein Rätsel. Sie waren bestimmt in dieser Gegend – aber waren sie immer noch hier? Oder zumindest ein Zeichen von ihnen?

»Was macht eigentlich dieser Freund von Ihnen hier?« wollte der kahlköpfige Pilot wissen.

»Ist verlorengegangen.«

»Hat er 'ne Bank ausgeraubt oder so was? Ein Flugzeug entführt?«

»Quatsch.«

»Ich kriege ein Drittel!«

»Was?«

»Wenn wir ihn finden, kriege ich ein Drittel der Beute.«

Das Flugzeug bockte wie verrückt.

Caulfield hielt sich den Magen, nickte. »Sicher, sicher.«

34

Zwanzigmal hatte es schon geläutet. Er ließ es noch zehnmal klingeln, ehe er auflegte.

»Also gut, Kay ist nicht zu Hause. Also versuche ich es mit der Frau von Pete oder Jack.« Die Münze kam nicht wieder raus.

Brubaker fummelte mit dem Zeigefinger im Rückgabe-Schlitz des Telefons herum. Leer.

Er schlug mit der geballten Faust auf das Telefon.

Der Apparat rückte die Münze nicht mehr heraus.

Er nahm wieder den Hörer ab, horchte. Stille.

Ein Zehncentstück nur.

Brubaker ging zurück zu der Registrierkasse, die auf der Erde lag, kniete sich daneben nieder.

»Wenn ich wenigstens ein einziges Zehncentstück finden würde, ein paar Münzen, irgendwas...«

Dann hörte er die Hubschrauber. Zwei waren es, sie kamen näher.

Brubaker kroch zu einem der schmutzverschmierten Fenster der Tankstelle.

Die Hubschrauber hingen jetzt über der Straße, nur ein paar Meter hoch. Offenbar wollten sie landen. Wahrscheinlich wußten sie nicht einmal, daß er hier drin war, aber sie mußten das verfallene Haus mit der Tankstelle sowieso überprüfen.

Gründlich waren sie, das mußte man ihnen lassen.

Die Hubschrauber setzten in der Wüste auf, die viele Meilen weit die schmale Straße säumte.

Brubaker wandte den Blick ab und sah sich im Zimmer um.

Hier gab es keinen Fleck, wo er sich verstecken konnte. Er sah sich nach etwas um, das er als Waffe benutzen konnte, entdeckte einen langen, verbogenen Steckschlüssel.

Vorsichtig lugte er wieder durch das Fenster. Zwei Männer in Schutzanzügen kletterten aus einem der Helikopter. Beide hatten Pistolen in der Hand.

»Was Kelloway ihnen wohl befohlen hat? Vielleicht sogar, daß sie mich lebend zu ihm bringen sollen? Tot oder lebendig – das wird er gesagt haben.«

Die beiden Männer kamen geradewegs auf die Tankstelle zu.

Caulfield zog eine Grimasse und kratzte sich an der Nase. Die Suche führte zu keinem Ergebnis. »Vielleicht«, schrie er seinem kahlköpfigen Piloten zu, »sollten wir es in der anderen Richtung versuchen.«

»Dort drüben?«

»Was?«

»Na, dort drüben, Sonnyboy.« Albain deutete auf eine schmale Straße.

Zwei Hubschrauber hockten dort unten, nur hundert Meter von einer verlassenen Tankstelle entfernt. »Könnte was sein«, sagte Caulfield. »Hab' sie in den letzten Tagen schon ein paarmal gesehen. Suchen vielleicht Ihren Freund?«

»Okay. Können Sie bei den beiden landen?«

»Habe ich mein Talent als Kunstflieger nicht bereits bewiesen?«

Albain steuerte sein Flugzeug in einer Kurve hinunter zur Tankstelle.

Mit schmalen Augen beobachtete Caulfield die Straße. »Zwei Männer.«

»Zwei Männer mit Kanonen!«

»Irgend jemand muß in dem Haus sein, und sie sind hinter ihm her«, schloß Caulfield. »Wir müssen landen.«

»Denken Sie an die Kanonen!«

»Sie kriegen ein Drittel der Beute.«

»Sagen wir lieber: die Hälfte.«

»Okay. Abgemacht.«

Brubaker hielt den Atem an. Er stand neben einem kaputten Coca Cola-Automaten eng an die Wand des Büros der Tankstelle gepreßt, den Steckschlüssel mit beiden Händen gepackt.

Die Schritte kamen langsam näher.

»Irgend jemand hat die Tür aufgebrochen«, sagte eine Stimme draußen.

Ganz langsam atmete Brubaker aus. Wartete.

»Sei vorsichtig«, hörte er eine zweite Stimme. »Ich bleib hinter dir.«

Was noch von der Tür übrig war, wurde in den Raum gestoßen. Eine Pistole erschien, eine Pistole in einer behandschuhten Hand.

Als der Arm in grünem Tuch halb durch die Öffnung war, schlug Brubaker mit aller Kraft zu.

Der Mann schrie auf, seine Pistole polterte auf den Holzfußboden.

Brubaker achtete darauf, daß der Mann zwischen ihm und dem anderen Kerl im Tarnanzug blieb. Er schlug noch einmal zu, und irgend etwas splitterte. Der Mann stieß einen gurgelnden Laut aus und taumelte zurück. Er prallte stürzend gegen seinen Partner.

Brubaker bückte sich, hob die Pistole auf, spannte die Muskeln und hechtete durch das hintere Fenster ins Freie.

»Wie seh ich das denn«, sagte Albain, als Glas über der flimmernden Wüste in Splittern explodierte. Er hatte eben hinter der Tankstelle aufgesetzt, der Propeller lief noch.

»Lieber Gott, das ist doch Brubaker!« Caulfield schoß aus seinem Sitz hoch und winkte mit beiden Armen. »Brubaker, hierher.«

»Den suchen wir?«

»Ja, ja. Komm, komm – und Sie rollen ihm entgegen. Los!«

Albain steuerte auf den stolpernden Astronauten zu.

Ein Mann in grünem Tarnanzug erschien am Fenster, aus dem eben Brubaker gesprungen war, und kletterte heraus. Vor dem Gebäude hob er seine Pistole und feuerte einmal in die Luft.

»Das scheint ja direkt ein Abenteuer zu werden«, rief Albain und lachte glucksend.

»Und es fängt erst an.« Sie waren dicht bei Brubaker. Caulfield lehnte sich hinaus. »Komm, komm rüber! Los an Bord, schnell!«

Brubakers Gesicht war schmerzverzerrt. Er versuchte verzweifelt den Flügel zu erreichen.

»Macht voran. Wir kriegen Gesellschaft«, sagte Albain.

Einer der beiden Hubschrauber startete und kam zur Tankstelle herübergeflogen.

Brubaker gelang es, sich am Flügel festzuhalten und hinaufzuziehen.

»Geben Sie Gas, Mann!« schrie Caulfield. »Himmel, wir müssen hoch und hier weg!«

»Los geht's! Hier an den Riemen festhalten!«

Die alte Mühle schwenkte in eine Kurve und holperte über den Wüstensand. Der Hubschrauber kam näher, und jetzt stieg auch der zweite auf.

Albain's Flugzeug hüpfte ein paarmal, dann kam es hoch und kletterte in den Himmel.

Brubaker hielt sich an den Gurten des kahlköpfigen Piloten fest. Er starrte Caulfield an. »Ich kenne Sie«, schrie er mit krächzender Stimme.

»Caulfield, NBC«, schrie Caulfield zurück. »Bitte, halten Sie sich fest. Ganz fest. Sie sind meine Story des Jahres.«

»Gut festhalten«, kündigte Albain an. »Wir machen uns jetzt unsichtbar.« Er riß den Steuerknüppel heran, und die Maschine kletterte weiter.

Beide Hubschrauber waren jetzt ganz dicht hinter ihnen.

Albains Maschine röhrte, ging in eine steile Kurve und schoß wieder hoch. Dann flog sie einen Looping, ging tiefer, zog wieder hoch. Ihre Gegner schienen etwas verwirrt über diese waghalsigen Manöver.

Brubaker hatte das Gefühl, sich nicht mehr lange festhalten zu können. Das hier war wie aus einem uralten Fliegerfilm, aber er war nicht richtig in Form für die Rolle des Hauptdarstellers.

Albain drückte seine alte Mühle wieder in Richtung Wüste. Ungefähr drei Meilen direkt vor seiner Nase erhob sich ein goldfarbenes Felsenriff. Er schien direkt darauf zuzuhalten.

»Ha!« schrie Albain. »Was wissen die Menschen schon davon, wie man lebt? *Das* ist die einzig richtige Art, zu leben!«

»Da Sie gerade von Leben reden«, schrie Caulfield und benutzte seine Hände als Megaphon. »Wir würden es gern noch eine Weile genießen.«

»Nur keine Angst, Sonnyboy.«

Einer der Hubschrauber war näher gekommen. Und der zweite folgte.

»Nasen zuhalten!« Albain flog immer noch auf den Felsen zu. »Gleich stinkt's.«

Plötzlich schoß eine dicke weiße Wolke aus dem Schwanz des Flugzeugs. Albain hatte sein Schädlingsbekämpfungsgas abgelassen, das sich nun wie eine dichte Nebelbank zwischen sie und ihre Verfolger schob.

Albain zog den Steuerknüppel wieder heran, und die Maschine stieg. Hoch genug, um über die Felsnase zu klettern.

Die Hubschrauber hatten weniger Glück. Im Nebel der Chemikalien verloren sie die Sicht und prallten gegen die Felsen. Zwei Feuerbälle stiegen aus der weißen Wolke auf.

Albain balancierte das Flugzeug aus und nickte zufrieden. »Also, das nenne ich fliegen!«

»Richtig. Richtig«, stimmte Caulfield zu, während er Brubaker half, ins Cockpit zu klettern.

Der Präsident der Vereinigten Staaten erschien auf dem Friedhof. Die Menschen erhoben sich.

Auf dem grünen Rasen standen mehrere hundert Zuschauer und anderthalb oder zwei Dutzend weitere auf der Tribüne, die für sie errichtet worden war. In der ersten Reihe Kay Brubaker, Janet Willis und Elizabeth Walker mit Dr. Kelloway, dem Kongreßabgeordneten Peaker und dem Vizepräsidenten.

Der Präsident erreichte die Bühne genau in dem Augenblick, als die Militärkapelle die letzten Takte von *Hail To The Chief* spielte. Er ging direkt zum Podium.

Alle setzten sich.

»Meine Damen, meine Herren, Mrs. Brubaker, Mrs. Willis, Mrs. Walker, Amerikaner«, begann er. »Ich bin heute hierhergekommen, um von unerfüllten Hoffnungen, von unerfüllten Träumen zu sprechen. Charles Brubaker, Peter Willis und John Walker haben um dieses Traumes willen diese Erde verlassen. Sie kehrten nie zu uns zurück...«

Bei diesen Worten senkte Kelloway den Kopf und betrachtete seine gefalteten Hände.

»... in einer Zeit, als der Zynismus sich wie eine nationale Epidemie ausbreitete, schenkten sie uns etwas, worauf wir wieder stolz sein durften ...«

Kay wollte nicht weinen. Sie hatte sich das fest vorgenommen: keine Tränen. Janet Willis neben ihr zog das Taschentuch hervor und betupfte sich die Augen. Kay sah nicht zu ihr hin, aber sie legte ihr die Hand auf den Arm.

»... ein Traum, der nicht sterben durfte. Eine Nation lebt aus dem Geist solcher Männer, lebt durch diese Männer. Und unsere Nation muß jetzt beweisen, wie lebendig ihr Geist ist, indem sie fest zusammensteht in einer Zeit der Krise ...«

Die letzten Reihen der Zuschauer wurden unruhig. Einige waren aufgestanden, reckten die Hälse, murmelten irgend etwas.

»... Diese drei Männer haben uns enger zusammengeführt ...«

Der Präsident machte eine kleine Pause. Die Unruhe breitete sich aus. Irgend etwas bewegte sich durch die Menge auf das Podium zu. Die Geheimdienstleute drehten sich um, schoben unauffällig die Hand unter die Jacke.

»Es gibt keine Möglichkeit, unseren Dank auszudrücken. Diesen Männern können wir nicht mehr danken«, fuhr der Präsident fort. »Wir können nur ihr Andenken in Ehren halten. Und wir werden alles daransetzen, um den Traum zu erfüllen, für den sie ihr Leben hingaben. Und darum bin ich stolz darauf, Ihnen allen sagen zu können, daß ich heute die Führer beider Häuser des Kongresses gebeten habe, die Projekte zur Erforschung des Weltraums verstärkt zu unterstützen ...«

Kelloway erkannte ihn als erster. Kay hörte ihn keuchen. Dann sah sie ihn. Sie sprang auf. Sie lachte laut, und die bis dahin mühsam zurückgehaltenen Tränen stürzten ihr in die Augen.

Brubaker näherte sich dem Podium. Die Geheimdienstleute ließen ihn passieren. Er trug immer noch den zerfetzten Raumanzug, den er auf der Flucht durch die Wüste angehabt hatte.

Aber er ging sehr gerade, den Kopf zurückgeworfen. Und er lächelte.

Neue Constantin Film

UNTERNEHMEN CAPRICORN

(Capricorn One)

Kamera: Bill Butler – Ton: Jerry Jost
Bauten: Al Brenner, David M. Haber, Julian Sacks
Kostüme: Patty Norris – Maske: Mike Westmore
Schnitt: Jim Mitchell – Spezialeffekte: Henry Millar jr.
Flug-Koordinator: Frank G. Tallman
Stunt-Koordinator: Bill Hickman
Aufnahmeleitung: Mike Rachmil

Produzent: Paul N. Lazarus III

Buch und Regie: Peter Hyams

Die Personen und ihre Darsteller:

Robert Caulfield .... Elliott Gould
Colonel Brubaker .... James Brolin
Judy Drinkwater .... Karen Black
Mrs. Brubaker .... Brenda Vaccaro
Lieutenant Peter Willis .... Sam Waterston
Commander John Walker .... O. J. Simpson
Dr. James Kelloway .... Hal Holbrook
und
Albain .... Telly Savalas

Eine Lazarus/Hyams Produktion

Verleih:

NEUE CONSTANTIN FILM